Sabine Feuersänger

SCHEINRE

Sabine Feuersänger

SCHEINREICH

Frankfurter Allgemeine Buch

Bibliografische Information der Deutschen Nationalbibliothek
Die Deutsche Nationalbibliothek verzeichnet diese Publikation in der Deutschen Nationalbibliografie; detaillierte bibliografische Daten sind im Internet über http://dnb.d-nb.de abrufbar.

Sabine Feuersänger
Scheinreich

Alle Personen und Firmen in dieser Geschichte sind frei erfunden.
Ähnlichkeiten wären rein zufällig.

F.A.Z.-Institut für Management-,
Markt- und Medieninformationen GmbH
Mainzer Landstraße 199
60326 Frankfurt am Main
Geschäftsführung: Volker Sach und Dr. André Hülsbömer

Frankfurt am Main 2012

ISBN 978-3-89981-274-9

Frankfurter Allgemeine Buch

Umschlag Anja Desch
Satz Giulia Schneck
Titelbild Geld: © Tomo Jesenicnik/fotolia, Baustelle: © Peter Kögler/fotolia
Druck CPI Moravia Books s.r.o., Brněnská 1024, CZ-691 23 Pohořelice

Für Peter

+++

Neues Wirtschaftsblatt, 31. August

25 JAHRE SOLIDE WERTARBEIT

Leonhard Kottenbaum ist „Unternehmer des Jahres"

Frankfurt/Main. Wegen seiner Pionierleistungen auf dem Gebiet des Trockenbaus hat das Forum „Handwerk & Industrie Deutschland e.V." den Frankfurter Leonhard Kottenbaum zum „Unternehmer des Jahres" gewählt. Der 56-jährige Industriemeister führt seit 25 Jahren die LK-Trockenbau GmbH mit Sitz in Frankfurt-Höchst. Er zählt zur Reihe jener Unternehmer, die mit ihrem Schaffen die Seele des deutschen Mittelstands prägen.

Zur Begründung ihrer Wahl führte die Jury aus, Leonhard Kottenbaum habe entscheidend dazu beigetragen, den noch jungen Wirtschaftszweig Trockenbau in Deutschland zu etablieren. Dabei sei es ihm stets darum gegangen, die handwerkliche Tradition der soliden Wertarbeit fortzusetzen.

Große Verdienste hat sich der Unternehmer auch durch die Ausbildungsförderung erworben. Er war maßgeblich an der Entwicklung des Ausbildungsberufs „Trockenbaumonteur" beteiligt und stand Pate für die praktische Umsetzung: Mehr als die Hälfte der heute rund 50 Beschäftigten der LK-Trockenbau GmbH absolvierten eine Lehre im eigenen Betrieb.

„Ich freue mich sehr über die Auszeichnung", sagte Leonhard Kottenbaum in seiner Dankesrede. „Die Anerkennung tut gut, und ich verstehe sie als Ansporn, meiner Linie der Wertarbeit und Mitarbeiterförderung ohne Dumpinglöhne treu zu bleiben!"

+++

DIENSTAG

Leonhard Kottenbaum saß am Frühstückstisch und prüfte die Kerbe im edlen Kirschbaumholz. Er hatte sie sofort entdeckt und sogleich gewusst, warum Karin den gewöhnlichen Septembermorgen in Kerzenlicht tauchte. „Wie ist das passiert?", fragte er wütend, denn er konnte es nicht leiden, wenn jemand so nachlässig mit Wertgegenständen umging.

Die schummrige Beleuchtung ließ die Gesichtszüge seiner Frau weich erscheinen. Sie hatte ihr dunkles Haar nach hinten gekämmt und im Nacken zusammengesteckt. Ein blaues Hauskleid umhüllte ihre rundliche, kleine Gestalt. Ihre Hände umklammerten die Leinenserviette. „Ich weiß es nicht", versuchte sie ihren Mann zu beschwichtigen, „vielleicht war's die Nadja beim Putzen?"

Das wollte sie ihm verkaufen, der seit vierzig Jahren Tischler war? „Mach mir nichts vor! Das hat ein Stümper mit Schmirgelpapier angerichtet. Was war es vorher? Ein Brandfleck?"

Sie zuckte etwas hilflos mit den Schultern, und so sah er sich prompt bestätigt: „Hat Claus also wieder geraucht, und dann sieht er sich nicht mal vor. Na, der kann was erleben. Wo steckt er überhaupt? Wir müssen gleich los."

Claus trat heute sein Praktikum im väterlichen Betrieb an, der LK-Trockenbau GmbH. Er sollte erst in ein paar Wochen mit dem Wirtschaftsstudium beginnen. Gewiss brauchte er keinen Job, um sich das Taschengeld aufzubessern. Aber musste er deshalb seit dem Abitur im Mai nur herumlungern? Sah man ja, wohin das führte, dachte Kottenbaum noch immer voller Zorn und strich über den Kirschbaumtisch.

Seine Frau stand auf: „Ich schau mal nach." Er hörte sie nach oben gehen. Sie stieß einen Ruf aus, dann wurde ihre Stimme leise. Er seufzte. Was war jetzt wieder los?

Drei Minuten später setzte sich Claus an den Tisch. Er hatte die hagere Statur seines Vaters geerbt, und in zehn Jahren würden sich auch seine aschblonden Haare bis auf einen spärlichen Kranz um die Glatze verabschiedet haben. Doch während der Vater mit weißem Hemd, Krawatte und Lederschuhen schon im Frühstückszimmer der Villa Kottenbaum den Boss herauskehrte, zeigte der Sohn auf seine Art, dass er sich als Chef seiner selbst fühlte: im bunten Schlafanzug und barfuß.

„Was soll das?", fragte Kottenbaum mit gespielter Ruhe. Den Kirschbaumtisch vergaß er. Dieser Zwergenaufstand hatte eine neue Dimension.

Nach einer Weile bequemte Claus sich zu einer Antwort: „Ich lass mich von dir nicht in ein Leben drängen, das ich nicht haben will."

„Verstehe. Ist ja auch eine Zumutung, mal einen soliden Millionenbetrieb zu übernehmen", versuchte Kottenbaum es sarkastisch. „Na dann raus damit: Was stellst du dir vor?"

„Interessiert dich ja doch nicht." Claus griff nach der Milch und schenkte sich einen Becher voll ein.

Entrüstet sprang Kottenbaum auf. Er hatte so hart gearbeitet, um die kleine Tischlerei seines Vaters in einen zukunftssicheren Trockenbaubetrieb zu verwandeln. Von persönlichen Opfern ganz zu schweigen. Fast hätte er den Sohn an den Schultern gepackt und so lange gerüttelt, bis die faule Haut endlich aufsprang. Das sollten seine Gene sein? Wer hatte den Jungen nur so verzogen.

Karin hatte sich die Szene vom Flur aus angeschaut, jetzt trat sie leise hinzu. „Claus, es ist doch nur ein Praktikum. Es wird dir guttun, mal wieder etwas Sinnvolles zu machen."

Der Sohn nahm sich ein Butterhörnchen und tunkte es ins Pflaumenmus. „Was ist sinnvoll daran, zwölf Stunden am Tag im Baustellendreck zu schuften?"

Kottenbaum atmete tief ein und presste die Luft gegen den Zorn, der ihm in den Hals stieg. So klangen seine Worte beherrscht und kühl, obwohl ihm der Ärger schon heiß durch den Körper fuhr: „Aber immer den neuesten Computer auf dem Tisch, das ist schon in deinem Sinn? Und das Auto zum achtzehnten Geburtstag – glaubst du, das bekäme man geschenkt? Oh nein, so läuft das nicht. Du kommst jetzt mit!"

Claus besah sich den Klecks Pflaumenmus, der auf sein Oberteil getropft war. Er entfernte die zähe Masse mit dem Mittelfinger, führte ihn zum Mund und leckte ihn ab. Dann sah er seinen Vater zum ersten Mal an diesem Morgen in die Augen. „Vergiss es – und dass du es gleich weißt: Das gilt auch für die Uni, all diesen Wirtschaftskram brauche ich nicht."

Seine Mutter griff sich ans Herz: „Jesus Maria, hast du getrunken?"

Kottenbaum sackte auf seinen Stuhl zurück. Fast wünschte er sich, an dem Verdacht seiner Frau wäre etwas dran. Doch im Grunde hatte er schon immer befürchtet, dass Claus an der Uni schwer zurechtkäme. Schon mit dem Abi hatte er sich nicht leichtgetan.

Aber wäre es denn schlimm, wenn die Firma auch in der nächsten Generation von einem Mann der Praxis geführt würde? Er hatte ja selbst nicht studiert. Da draußen im Geschäft, da kam es auf andere Fähigkeiten an. Die solide handwerkliche Ausbildung war die Basis seines Erfolgs – dass ihm fachlich keiner was vormachen konnte, seine eigenen Leute nicht und die Kunden gleich gar nicht.

Also suchte er nach einem Ton, der nicht aufgebracht klang: „Claus, wenn du das Studium nicht willst – wir haben Kontakte, das weißt du ja. Wir können dir sofort eine Lehrstelle besorgen. Nicht als Tischler, als Trockenbaumonteur! Auch damit stehen dir alle Wege offen." Erwartungsvoll sah er seinen Sohn an.

Doch der hatte sich längst wieder seinem Frühstück zugewendet und dachte nicht daran, zu ihm aufzuschauen. „Trockenbau ist nicht cool", erklärte Claus seinem Butterhörnchen. „Ich gründe mit Timo eine Webdesign-Agentur. Logos entwerfen und Blogs und so, da geht heute was ab. Und eine Ausbildung ist nicht nötig, das kann ich nämlich schon."

Kottenbaum starrte ihn an, dann brüllte er doch noch los: „Jetzt reicht es mir aber mit dir! Von Beruf Erbe oder was? Keinen Cent bekommst du von mir. Du lernst was Vernünftiges, oder du fliegst raus hier."

„Leonhard, das bringt doch nichts, lass es uns in Ruhe besprechen", versuchte Karin noch zu vermitteln.

Doch ihr Sohn rief schon erbost: „Das wagst du nicht. Ich weiß zu viel!"

„Ach ja?", fragte sein Vater verblüfft. „Was denn?"

Claus' Grinsen entblößte seine Zähne – es klebte noch etwas Pflaumenmus daran –, und ein kleiner Triumph ließ seine Augen leuchten: „Na, was wohl?"

*

An demselben Dienstagmorgen lehnte sich die Journalistin Marina Blau im Bürostuhl zurück. Skeptisch betrachtete sie ihre angefangene Reportage über den Frankfurter Trockenbauer, der zum „Unternehmer des Jahres“ gewählt worden war. Sie hatte bereits ein Interview mit Leonhard Kottenbaum geführt, und dabei war ihr etwas aufgefallen. Jetzt grübelte sie darüber nach, wie dieses Puzzleteilchen in das Bild seiner Erfolgsgeschichte passte.

Einen Moment lang nahm die 31-Jährige ihre Brille ab, ohne die sie keine Taube von einem Luftballon unterscheiden konnte. Sie rieb sich die Augen, deren intensives Blau für gewöhnlich von den dicken Gläsern verdeckt blieb. Ihr scharfer Blick auf die Dinge wurde deshalb gern verkannt, was von Vorteil war, weil es ihre Gesprächspartner unvorsichtig machte.

Es war erst ein knappes Jahr her, dass das Schicksal sie aus Hamburg an den Main verschlagen hatte, genauer gesagt zum Frankfurter Wirtschaftsmagazin Faktopolis. Tobias Weidenritter, der Chefredakteur, hielt große Stücke auf sie. Doch jetzt saß er ihr im Nacken: Noch acht Tage bis zum Redaktionsschluss. Dann musste sie die Reportage über Kottenbaum fertig haben, diese hessische Variante der Geschichte „vom Tellerwäscher zum Millionär“, die im Prinzip ganz einfach zu schreiben war. Zu simpel?

Nachdenklich schob sich Marina die Brille wieder auf die Nase und eine störende, hellblonde Strähne hinters Ohr zurück. Die kinnlangen Haare konnten ihren widerspenstigen Charakter nicht verbergen. Das kam auch daher, dass sie nie viel Zeit mit Kamm und Bürste verschwendete, denn aus ihrem Aussehen machte sie sich wenig bis nichts. Hier in der Redaktion trug sie ein blassblaues Shirt mit ausgefranstem Saum zur Jeans und an den Füßen ein Paar Turnschuhe mit Klettverschlüssen.

Ihr Blick schweifte durch die Fensterfront. Die Aussicht aus ihrem topmodernen Büro war großartig, keine zehn Meter entfernt floss der Main, und Marina wunderte sich wie jeden Tag, warum sie in dieser noblen Umgebung überhaupt geduldet wurde.

*

„Redaktionskonferenz! Wo bleibst du?“ Der Volontär Hardy Krollmann riss die Journalistin aus ihren Gedanken.

„Vergessen“, sagte Marina und runzelte die Stirn. Sie mochte diese Treffen nicht. Eine Story wurde selten dadurch besser, dass fünf ehrgeizige Redakteure und zwei bemühte Volontäre sie zerlegten.

Doch Hardy ließ nicht locker: „Ab in den Konferenzraum, der große Meister wartet nicht gern“, trieb er Marina an. Also erhob sie sich widerstrebend und folgte ihm.

Sie gingen den Gang entlang, der teilweise verglast war und durch die dahinterliegenden Büros eindrucksvolle Ausblicke auf den Fluss eröffnete. Der Verleger hatte nicht gespart, als er Faktopolis in das neue Stadtviertel am Westhafen umgesiedelt hatte. Das Magazin war erst im vergangenen Jahr in eines der frisch erbauten Bürogebäude an der Speicherstraße gezogen. Wer durch die Hintertür nach draußen trat, stand in einem riesigen Säulenhof und gelangte von dort aus direkt auf den Bachforellenweg am Main.

Innen standen die glänzenden Büromöbel aus Stahl und Glas in effektvollem Kontrast zum dunklen Schiffsbodenparkett. Aus solchem Holz waren auch die Fenster, Türen und je ein großer Bilderrahmen pro Büro, den die Mitarbeiter nach eigenem Geschmack bestücken durften. So jedenfalls die Idee, bis in den ersten edlen Rahmen ein gewöhnliches Poster der van Gogh'schen Sonnenblumen gewandert war, natürlich in der fantasielosen Abteilung Vertrieb. Als in den zweiten Rosina Wachtmeisters Katzen einzogen, bekamen der zuständige Innenarchitekt einen Nervenzusammenbruch und eine Gruppe Frankfurter Künstler ihren ersten großen Auftrag: Die durfte ein paar Werke für Faktopolis entwerfen, die – wenn schon keine Klassiker – zumindest so modern wie das übrige Ambiente waren. Marina entschied sich für ein Blaubraunes mit weißem Fleck – ein Segelschiff, das gerade im Main unterging?

Im Konferenzraum saßen schon alle am großen Glastisch. Durch die breite Fensterfront fiel das helle Licht, das der Fluss zu ihnen hinüberspiegelte. An der Wand hing etwas Blaugraues mit rotem Punkt. Marina suchte den Blick des Chefredakteurs: „Tut mir leid, ich habe nicht auf die Uhr geschaut."

Tobias Weidenritter raufte sich seine braunen Locken, die er nicht ohne Stolz noch fast schulterlang trug. Doch er schenkte Marina ein warmes Lächeln: „Dann fangen wir mal an!" Er wollte Kottenbaum auf den Titel der Ausgabe des nächsten Monats bringen. Schließlich kam es nicht jeden Tag vor, dass ein Bauunternehmer positive Schlagzeilen machte. „Hast du schon einen Arbeitstitel für deine Reportage?", fragte er Marina.

Sie schüttelte den Kopf.

„Was wirst du in den Vordergrund stellen, seinen Betrieb oder seine Person?", fragte Tobias weiter.

„Ich weiß es noch nicht“, hielt sie sich bedeckt, „mir ist etwas aufgefallen. Das muss ich erst klären.“

„Was denn?“, bohrte der Chefredakteur.

„Kottenbaum hat eine Zahl genannt, die mir merkwürdig vorkommt“, antwortete Marina noch immer ausweichend.

„Nämlich?“

Marina war es unangenehm, alle Augen auf sich gerichtet zu wissen. Sie hasste es, halbgare Vermutungen von sich zu geben. Aber da sie um eine Antwort offensichtlich nicht herumkam, würde die zumindest präzise sein.

„Also gut“, gab sie sich einen Ruck, „es ist so: Kottenbaum sagte, er sei stolz auf rund 25 Millionen Euro Jahresumsatz. Seine Firma veröffentlicht im Unternehmensregister aber nur ihre Bilanz samt Anhang. Die Gewinn- und Verlustrechnung mit dem Umsatz fehlt. Das darf aber nur so sein, wenn der Betrieb als ‚kleine GmbH‘ maximal 9,86 Millionen Euro Umsatz macht. Und das bedeutet: Kottenbaum lügt – oder gibt zumindest maßlos an.“

Kulturredakteurin Irene von Throst stöhnte gelangweilt: „Meine Güte, hältst du dich für einen Wirtschaftsprüfer? Vergiss solche Zahlen, die eh nur sein Steuerberater durchschaut. Schreib über sein Leben!“

Weil Marina dazu nichts sagte, übernahm Tobias ihre Verteidigung: „Wollen wir etwas herausfinden, was nicht in allen Blättern steht? Dann müssen wir ihm tiefer in die Karten schauen.“ Er sah Marina hoffnungsvoll an: „Schaffst du das allein? Wenn du Unterstützung brauchst, bin ich gern mit dabei!“ Das lehnte Marina schnell ab: „Hardy kann mir helfen, dann lernt er gleich mehr über Reportagen.“

Wenn Tobias enttäuscht war, ließ er es sich nicht anmerken. Dann sei ja alles geklärt. Nur Irene schien mit ihrem

Schlusswort unzufrieden zu sein. „Mit den Zahlen hast du es ja", gab sie Marina noch leise mit. „Nicht dass du dich da mal verrechnest!"

Natürlich erkannte die Kulturredakteurin nicht, wie absurd gerade dieser Vorwurf war. Marina ließ sie stehen und wandte sich wie beiläufig an Hardy: „Wusstest du übrigens, dass pro Sekunde rein rechnerisch betrachtet 4,4 Menschen auf die Welt kommen?", fragte sie den Volontär. „Das sind rund 380.000 pro Tag. Erstaunlich, wie viele sich dennoch für etwas Besonderes halten!"

*

Um noch einmal mit Leonhard Kottenbaum zu sprechen, machte sich Marina am späten Vormittag zur LK-Trockenbau GmbH auf. Das erste Mal hatte sie den Unternehmer im IHK-Gebäude am Börsenplatz getroffen. Jetzt wollte sie seinen Betrieb in Frankfurt-Höchst besichtigen. Er befand sich noch auf demselben Grundstück wie dereinst die Tischlerei von Kottenbaums Vater.

Der Unternehmer hatte dort seine Lehre absolviert, dann aber die Branche gewechselt und bei einem Baustoffhändler angeheuert. Ein noch junger Trend beherrschte dessen Geschäft: der Trockenbau. Statt Räume in Handarbeit auszubauen, montierte man industriell vorgefertigte Elemente schneller und preiswerter bei mindestens gleicher Qualität – so sah der Fortschritt aus.

Als der Vater wenige Jahre später starb, erbte Kottenbaum dessen Tischlerei und wandelte sie kurzerhand in seine eigene Trockenbaufirma um. Bald führte er fast die Hälfte aller Aufträge außerhalb Frankfurts aus, ja er gründete sogar eine Niederlassung in Sachsen. Und selbst als sich die Geschichte von den blühenden Landschaften in den neuen Bundesländern als Märchen entpuppte, blieb die LK-Trockenbau GmbH bestehen und schlich sich bis heute innovativ an jeder Krise vorbei.

Marina parkte ihren Wagen auf dem Hof des Betriebs und betrat das zweistöckige Verwaltungsgebäude. Die Empfangsdame bat sie um ein paar Minuten Geduld, also ließ sie sich in einen der Besuchersessel fallen und von einem Video über den Trockenbau belehren.

Der Film zeigte die Objekte, an deren Ausbau Kottenbaums Firma beteiligt gewesen war – Schwimmbäder, Stadthallen, Ladengeschäfte, Hotelanlagen. Man kümmerte sich um abgehängte Akustik-, Licht- oder Klimadecken. Die gab es aus gegliederten oder gewölbten Flächen, in Form von Kassetten, Gittern, Waben oder Lamellen, in Holz, Metall, Kunststoff oder Mineralfaser. Wandbekleidungen und Montagewände standen dem in ihrer Vielfalt nicht nach. Das Video führte sie einschalig und mehrschalig vor, mit und ohne Innenleben, als feste oder umsetzbare Trennwände. Bodensysteme bestanden aus Doppel-, Hohlraum- oder Installationsböden, darauf eine Schicht Calciumsilikat oder Estrich und ein Oberbelag aus Linoleum, Parkett oder Teppich …

Am anderen Ende des Raumes öffnete sich eine Tür. Zusammen mit Leonhard Kottenbaum trat ein Mann von kleinerer Statur in die Empfangshalle, der seine schwarzen Haare als kurzen Zopf trug. „Das sind die Konditionen“, sagte er laut. „Denk nicht zu lange nach.“

Kottenbaum setzte zu einer Antwort an, doch dann sah er die Journalistin und entgegnete stattdessen: „Dein Auftritt,

Reginald, hier kannst du in die Presse kommen.“ Er stellte sie einander so knapp wie möglich vor: „Frau Blau – Herr DeCesto, er wollte gerade gehen.“ Doch der dachte gar nicht daran.

„Für welche Zeitung arbeiten Sie?“, fragte DeCesto.

„Für Faktopolis, das Wirtschaftsmagazin.“

„Und das Thema Ihres Berichts?“

„Frau Blau schreibt eine Reportage wegen dieser ‚Unternehmer des Jahres‘-Sache“, warf Kottenbaum ein. „Meine Idee war das nicht.“

Da verzog DeCesto den Mund zu einem Grinsen, das nicht freundlich aussah. „Recherchieren Sie sorgfältig, junge Frau“, sagte er nach einer Weile. Dann drehte er sich abrupt um und ging ohne Gruß davon.

*

„Sie wollen den Betrieb sehen? Kommen Sie mit!“ Den kleinen Mann erwähnte Kottenbaum mit keinem Wort mehr. Schnellen Schrittes führte er Marina in eines der beiden Großraumbüros und steuerte einen Arbeitstisch an. „Herr Berger“, forderte er den dort beschäftigten Bauleiter auf, „bitte zeigen Sie Frau Blau unser Frankfurter Projekt!“

Der Angesprochene drehte folgsam einen Plan zu Marina hin: „Also, hier sehen Sie den zentralen Verkaufsraum des neuen Parfümeriemarktes auf der Goethestraße, der in der nächsten Woche eröffnet wird.“

Marina sah in dem Liniengewirr rein gar nichts und bekundete das mit einem freundlichen „Tatsächlich?“.

Kottenbaum fuhr ungeduldig dazwischen: „Schauen Sie sich die Fotos an, Frau Blau. Der Komplex sah ja traurig aus.“ Dann zog er das Modell eines goldglänzenden Spiegelsaales aus dem Regal wie ein Zauberer das Kaninchen aus dem Hut: „Und jetzt wird das daraus!“

„Erstaunlich“, befand Marina, „und das bekommen Sie einfach so hin?“

„Einfach ist das natürlich nicht. Aber Sie haben schon recht: Es sieht so aus, und ich bekomme das immer wieder zu hören.“ Kottenbaum äffte einen typischen Kunden nach: „Sie machen das doch mit Fertigteilen, das ist ja der Vorteil beim Trockenbau. Und dann wollen Sie uns so viele Montagestunden in Rechnung stellen? Das geht bestimmt schneller …“ Dann streiche der Kunde ihm sein Angebot auf 60 Prozent zusammen, und er müsse sehen, wie er damit auskomme.

Kottenbaum packte das Modell sehr vorsichtig ins Regal zurück und wies Marina den Weg zur Treppe, um zum Chefbüro in der zweiten Etage zu gelangen. „Wissen Sie“, nahm er unterwegs den Faden wieder auf, „es macht nicht immer Spaß, Unternehmer zu sein. Am Anfang arbeiten Sie 16 Stunden am Tag. Ihr Privatleben geht drauf. Kommen dann größere Aufträge, können Sie nicht mehr schlafen. Und ist endlich Gewinn in Sicht, hat auch der Erfolg seinen Preis: Das herablassende Mitleid, mit dem jeder Dabbes Sie zuvor bedacht hat, verwandelt sich prompt in blanken Neid.“

„Viel Geld ist schwer zu tragen“, nickte Marina sarkastisch.

„Ei klar, dass Sie es so sehen!“, lachte Kottenbaum bitter, und dann blockte er jede weitere persönliche Frage ab. Als Marina sich erneut nach Betriebszahlen erkundigte, verwies er sie auf die ordnungsgemäß veröffentlichten Zahlen. Mehr habe er dazu nicht zu sagen.

Zurück in der Faktopolis-Redaktion holte Marina sich die angefangene Reportage auf den Monitor und ergänzte, was sie erfahren hatte. Doch sie machte sich nichts vor. Dieses Material reichte noch lange nicht für eine Titelstory aus.

Die Verbitterung, die sie heute bei Kottenbaum gespürt hatte, erstaunte sie noch immer. Bei ihrem ersten Treffen hatte er sich noch durch und durch als Erfolgsmensch präsentiert. Warum hatte er diesem Image ohne Not ein paar Kratzer verpasst? Wollte er sich bescheidener geben, um der Presse keine Angriffsfläche zu bieten? Wer heutzutage Unternehmer war, galt ja quasi automatisch als ausbeutender Kapitalist. Aber sie hatte gar nicht vor, die Reportage in diese Richtung zu drehen.

Spekulationen. So ging das nicht. Wenn sich der Mann nicht aus der Reserve locken ließ, musste sie ihm hinter die Deckung schauen. Karin Kottenbaum! Warum war sie nicht früher darauf gekommen? Marina hatte das schon so oft erlebt: Ein Mann tut, was ein Mann tun muss – und die Frau an seiner Seite erklärt, warum.

Die Journalistin atmete tief durch und warf einen langen Blick auf den Main. Alles wieder im Fluss. Sie griff zum Telefon, um einen Gesprächstermin mit der Frau des Unternehmers zu vereinbaren, und Karin Kottenbaum lud sie für den nächsten Tag zum Nachmittagskaffee ein.

*

Tobias Weidenritter erschien in der Tür: „Mittagessen?“

„Jetzt noch?“, fragte Marina erstaunt, denn es war schon nach drei. Doch er zog schon ihre Fleecejacke vom Haken und warf sie ihr zu: „Nimm die mit, es ist kühl.“

Ein leichter Wind strich über die Promenade vor dem Büro, die allerdings in der prallen Sonne lag. Marina zog die Jacke kommentarlos wieder aus und band sie sich um die Hüften. Sie würden draußen sitzen können.

Gastronomie gab es im Westhafen genug. Darauf hatten die Macher geachtet, als sie die Industriebrache am Mainufer nur wenige Blocks vom Hauptbahnhof entfernt in den teuersten Grund und Boden verwandelten. Die kostspielige Kombination aus einer denkmalgeschützten Ruine und futuristischer Stadtarchitektur sollte den entscheidenden Standortvorteil bringen – und die Rechnung schien aufgegangen zu sein. Der Westhafen-Tower am zentralen Platz bot sich als gute Adresse für aufstrebende Firmen an. Die residierten gern im „größten Ebbelwoi-Glas der Welt", dessen Fassade nämlich ganz dem „Gerippten" glich, in dem der Frankfurter Apfelwein ausgeschenkt wird. Unternehmen wie der Faktopolis-Verlag siedelten sich in den Bürogebäuden an der westlichen Seite des Uferabschnitts an und freuten sich am unverbauten Mainblick – jedenfalls dann, wenn das Geld nicht nur für die Nordseite in den Hochhäusern reichte, von wo aus der Blick auf das Heizkraftwerk West und darüber hinaus ins weniger ansehnliche Gutleutviertel ging.

Und wer glaubte, es sich verdient zu haben, riss sich um eine der 850 Wohnungen in der urbanen Toplage. Allein im Karpfenweg auf der 35 Meter schmalen Halbinsel, die das Hafenbecken vom Main trennte, fanden zwölf siebenstöckige Wohnhäuser Platz – freilich nur, weil sie teilweise auf Pfählen im Wasser ruhten, und nur Spielverderber unkten, die Siedlung saufe beim nächsten Main-Hochwasser wieder ab.

Auch Tobias hatte sich seinen 75-Quadratmeter-Traum im Karpfenweg sofort erfüllt, als die Entscheidung für das neue

Faktopolis-Quartier gefallen war. Es schien ihn nicht zu stören, dass ein Privatleben auf diesem Pflaster recht unbequem war. Kein Kiosk, kein Bäcker – für die war die Gewerbemiete hier unerschwinglich, dachte Marina, als sie vor einem der Restaurants mit Blick auf den kleinen Yachthafen saßen.

„Tobias, was frühstückst du eigentlich?“ Kaum war die Frage heraus, biss Marina sich erschrocken auf die Lippen: „Ich meine, hier gibt es ja nicht mal Brötchen …“ „Buttertoast, süße Trauben, starker Kaffee. Erinnerst du dich nicht?“

Sie ärgerte sich über sein breites Grinsen, aber was musste sie ihm auch diese Steilvorlage liefern? Sie kannten sich seit einem gemeinsamen Studiensemester in London. Eine kurze Affäre, dann hatten sich ihre Wege wieder getrennt. Doch als Marina dringend eine neue Stelle gesucht hatte, weit weg von Hamburg und dem, was dort geschehen war, hatte er sie sofort eingestellt. Für das Magazin sei sie ein Hauptgewinn, betonte er gern. Und für ihn?

„Spaß beiseite“, bemühte Tobias sich sofort, die Harmonie wiederherzustellen. „Brötchen gibt's beim Rewe dort drüben in der Gutleutstraße – und übrigens: Heute Abend bin ich zu einem IHK-Stammtisch eingeladen. Kommst du mit? Das wird bestimmt interessant.“ Marina zögerte, also setzte er noch zwinkernd hinzu: „Danach gehen wir auch garantiert zu dir, wenn du mein Frühstück nicht magst.“

Sehr witzig. Er konnte es nicht lassen. Sie war ihm dankbar für den Job hier in Frankfurt, und sie würde es ihm mit exzellenter Arbeit vergelten. Das war das Beste, was sie ihm geben konnte, warum verstand er das nicht? Sie griff sich an den wieder einmal schmerzenden Arm, fror jedes aufsteigende Gefühl ganz schnell ein und beantwortete seine Frage eisig: „Nein danke, Tobias, du gehst besser allein.“

MITTWOCH

„Chef, der Vossner will nur Sie sprechen!“

Leonhard Kottenbaum streckte die Hand nach dem Handy aus, das ihm Berger entgegenstreckte. Sein Bauleiter hatte ihn vom Frühstückstisch weg in die Goethestraße gerufen.

„Guten Tag, Herr Vossner. Was gibt es?“ Ihm war natürlich längst klar, was es gab – beziehungsweise in diesem Fall nicht mehr gab: Das große Mona-Lisa-Mosaik an der zentralen Wand der neuen Parfümeriemarkt-Filiale fehlte. Bekümmert blickte Kottenbaum auf die Scherben, die seine Monteure gerade aus dem Bodenbelag pickten. Ladenbau war zum wichtigsten Standbein seiner Firma geworden. Der Auftrag hier sollte nur der erste für die stark expandierende Parfümeriemarkt-Kette sein. Fuddelei war das Letzte, was da passieren durfte, und diese hier tat ihm als Handwerker auch noch persönlich weh.

Vossner hingegen, der Projektmanager auf Kundenseite, klang nicht einmal aufgeregt: „Herr Kottenbaum, wir müssen kommende Woche eröffnen. Auf keinen Fall werden wir auf nur einen Tag Umsatz verzichten. Sie hatten uns versichert, Sie würden das hinkriegen. Und jetzt fällt Ihnen die Mona Lisa von der Wand?“

„Es tut mir leid. Jemand hat die falschen Dübel gesetzt, Gipskartondübel …“ – das letzte Wort spie Kottenbaum förmlich aus.

Doch Vossner ließ ihm keine Zeit für einen Fachvortrag: „Verschonen Sie mich mit Details, Sie haben die Sache verbockt! Ich kann den Laden nicht ohne die Mona Lisa präsentieren. Die ganze Werbung ist darauf abgestellt.

Die Event-Abteilung hat sogar einen Visagisten engagiert, der als Leonardo da Vinci daherkommt. Und jetzt sitzt der Künstler vor einer mörtelverschmierten Wand?“

„Ein neues Mona-Lisa-Mosaik kommt in zehn Tagen. Bis dahin werden wir die Wand provisorisch verkleiden: Mona Lisa als überdimensionaler Fotodruck. Ist alles schon abgeklärt, wir bekommen das pünktlich hin.“

Vossner schnaufte: „Fotodruck? Das wird billig wirken. Hören Sie mal, wir sind kein Discounter. Unsere Kundinnen geben astronomische Sümmchen für Schönheit aus. Und dann sehen die eine Mona Lisa mit Pixeln im Gesicht? Können wir ja gleich noch Pickelwasser dazu verkaufen. Haben Sie eine Ahnung, was uns das an Imagepunkten kostet?“

Kottenbaum hätte gern entgegnet, dass auch das Mosaik aus Pixeln bestand – nur eben solchen aus Stein. Aber ihm war klar, dass es hier um etwas ganz anderes ging. Vertrag war Vertrag. Er konnte Vossner nicht zwingen, das Provisorium einfach so zu akzeptieren – auch wenn er seine Idee mit dem Fotodruck noch so gelungen fand. Er seufzte: „Wie viel?“

„Tja, so ein Imageschaden ist schwer zu beziffern … sagen wir: drei Prozent.“

Kottenbaum konnte das selbstzufriedene Lächeln seines Kunden fast sehen. Drei Prozent Abschlag von der Auftragssumme, das waren 15.000 Euro! Und die Mehrkosten für die neue Mona Lisa und den Fotodruck kamen noch dazu. Alles wegen ein paar Gipskartondübeln, das Stück für 30 Cent. Er würde dem verantwortlichen Depp den Hals umdrehen.

„Na gut, Herr Vossner, einverstanden. Mein Prokurist wird Ihnen das schriftlich schicken. Sie zeichnen bitte gegen, dass Sie auf weitere Schadenersatzansprüche in dieser Sache verzichten.“

„Sehen Sie, Kottenbaum, Sie sind eben ein Profi. Wusste ich doch gleich, dass wir mit Ihnen eine gute Wahl getroffen haben.“ Vossner meckerte ein dünnes Lachen und legte mit einem fröhlichen „Bis bald dann!“ auf.

Kottenbaum war sie leid, diese Auftraggeber, die nur auf einen Fehler warteten, um den Preis zu drücken. Aber so lagen die Dinge in der Baubranche. Er konnte froh sein, wenn er überhaupt Geld bekam. Verbrecher!

Er schaute sich nach seinem Bauleiter um: „Berger, das muss hier alles bis zur Eröffnung fertig sein, inklusive der provisorischen Mona Lisa. Noch ein Fehler, und wir sind raus aus dem Geschäft“, mahnte Kottenbaum nachdrücklich. Doch dann huschte die Andeutung eines Grinsens über sein Gesicht: „Ei und rufen Sie noch mal im Digitalstudio an, die sollen mit der Auflösung runtergehen.“ So würde das Mona-Lisa-Foto billiger. Sollte sich Vossner in seiner Pixel-Pickel-Theorie ruhig bestätigt fühlen.

„Wollen Sie den Marcel noch sprechen?“, fragte Berger vorsichtig. Der Azubi, der die falschen Dübel gesetzt hatte, stand am Ende des Raums und starrte den Boden an.

„Nein“, entgegnete Kottenbaum. „Wenn noch einmal so etwas passiert, wird sein Lehrvertrag aufgelöst. Das bekommt er schriftlich als Abmahnung.“

Berger zog die Brauen hoch, als ob diese Entscheidung zu diskutieren wäre: „Es war doch keine Absicht …“

„Herr Berger, es geht mir nicht um den Fehler“, schnitt Kottenbaum ihm das Wort ab. „Wenn einer zuhört und überlegt, und dann geht was schief – Schwamm drüber. Aber dieser Lullatsch da, der denkt doch nur über seine nächste Zigarettenpause nach. Ist doch nicht das erste Mal, dass der uns den Schnitt so versaut. Ja, die Arbeitsplätze, die soll ich euch sichern. Denkt aber keiner darüber nach, wie das gehen kann, wenn ich ständig die Zeche für euren Bockmist zahle."

Kottenbaum ließ den Bauleiter stehen. Der Azubi konnte froh sein, dass er keine fristlose Kündigung bekam. Gipskartondübel! Heiliger Bembel, das grenzte ja an Sabotage.

*

Nachdem Kottenbaum überhastet zu seiner Baustelle aufgebrochen war, hatte seine Frau Karin ihren Tee hinüber in das Arbeitszimmer ihres Mannes getragen. Nicht, dass sie noch immer die Buchführung für die Firma erledigte. Das tat sie nicht mehr, seit Claus zur Welt gekommen war, und sie trauerte dem nicht hinterher.

Wenn sie etwas vermisste, dann höchstens die vielen Stunden, die sie und Leonhard in der harten Aufbauphase zwar mit Arbeit, aber immerhin gemeinsam, abends und am Wochenende im Büro verbracht hatten. Damals, da konnte sie noch mitreden, da hatte er sie sogar manchmal nach ihrer Meinung gefragt.

Heute sah sie ihre wesentliche Aufgabe darin, ihrem Mann den Rücken freizuhalten, was also zwangsläufig darauf hinauslief, dass sie ihn mehr als oft nur von hinten sah. Aber so war das nun mal. Wer einen Unternehmer heiratete, musste sich mit dem begnügen, was der Betrieb von ihm übrigließ.

Karin setzte sich an den Computer ihres Mannes, den sie für ihr neuestes Hobby nutzte: Fotobücher! Claus hatte ihr geduldig die Software erklärt, um sie zu gestalten und an die Online-Druckerei zu senden. Jedes Fotobuch sah wie ein Bildband aus, mit hochglänzenden, glatten Seiten ohne diese hässlichen Fotoecken, und neben den Bildern blieb Platz für kurze Texte. Eine schönere Weise, um das Familienleben zu dokumentieren, konnte sie sich gar nicht vorstellen.

Begonnen hatte sie mit den Babybildern von Claus, was die zusätzliche Schwierigkeit besaß, dass ihr diese nur als Abzüge vorlagen, die sie erst einscannen musste. Doch auch das hatte sie mithilfe ihres Sohns bewältigt. Es fehlten ihr noch die Fotobücher der vergangenen beiden Jahre, dann würde sie in der aktuellen Zeit angekommen sein und eine prächtige Familienchronik in zwanzig Bänden besitzen, die sie Jahr um Jahr fortsetzen konnte, wobei sie sich schon heute am meisten auf die Bücher mit ihren Enkeln in der Hauptrolle freute, wenn ihr denn solche vergönnt sein würden.

Gerade wollte sie die Datei „Familie_Kottenbaum_19" aufrufen, als ihr Sohn den Kopf durch die Tür steckte. „Ich werde ausziehen", sagte er zu der Silberesche, die vor dem Fenster im Vorgarten stand und Karin längst ein Dorn im Auge war, weil sie dem Zimmer das Licht nahm.

„Aber Claus, du musst doch nichts überstürzen", entgegnete sie langsam. „Dein Vater beruhigt sich schon wieder."

„Er wird nie lockerlassen! Nicht bevor ich in seinen Betrieb renne, Tag für Tag. Ich will das aber nicht, verstehst du? Ich kann das nicht!"

Karin seufzte. Leonhard war stur und Claus kein Unternehmertyp – das sah jeder, nur ihr Mann stellte sich blind. „Claus", setzte Karin behutsam an, „er macht sich Sorgen um dich. Schlag ihm etwas Vernünftiges vor, was du werden willst, dann wird er dich unterstützen."

„Klar, du stehst immer auf seiner Seite", rief er wütend. „Aber Ihr könnt mich nicht aufhalten. Warte nur, das wirst du schon sehen."

Karin versuchte, ihn zu beschwichtigen, aber er stob aus dem Zimmer. So ging das nicht weiter mit ihren beiden Männern, und es war ihre Aufgabe, den Frieden wiederherzustellen. Nur, um Himmels willen, wie sollte sie das anstellen?

*

Die E-Mail erreichte die Journalistin, noch bevor sie zum Treffen mit Frau Kottenbaum aufbrach. Sie stammte von „Gabriel@anonym-x.com", das roch nach Spam. Fast hätte Marina sie schon gelöscht, als ihr Blick über die belanglose Betreffzeile hinaus auf den Text fiel. Dort stand:

Leonhard Kottenbaum hat ein Geheimnis.
Fragen Sie ihn nach Diana.

Hatte sie es nicht gewusst? Etwas stimmte nicht mit diesem „Unternehmer des Jahres". Blieb die Frage, ob Marina ihre ernsthafte Wirtschaftsreportage mit schmutzigen Details aus seinem Privatleben würzen wollte. Unwillkürlich stellte sie sich ein rothaariges Busenwunder auf dem Titelbild vor – und dazu Tobias' Gesicht, also schüttelte sie grinsend den Kopf. Was sollte sie mit der E-Mail anfangen? Löschen?

Sie würde sich sputen müssen, um pünktlich zum Nachmittagskaffee bei der Unternehmerfrau zu sein. Die Kottenbaums wohnten privat in Bad Homburg, der Kurstadt nördlich vor den Toren von Frankfurt im Taunus mit parkähnlichen Grundstücken und Immobilienpreisen so hoch wie andernorts nur die Kirchen. Die Villa, vor der Marina sich wiederfand, schien den gesellschaftlichen Aufstieg der Unternehmerfamilie zu zementieren.

Karin Kottenbaum führte die Journalistin in den „kleinen Salon“. Exakt in der Mitte stand ein runder Tisch, darauf ein mit Krokantsahne überzogener Frankfurter Kranz, und hinter der aufgeschlagenen Tageszeitung saß – Leonhard Kottenbaum. Marina fluchte innerlich. Seine Frau hatte sich am Telefon durchaus bereit gezeigt, ein wenig aus dem Nähkästchen zu plaudern. Genau das schien also auch ihrem Mann klar zu sein.

Der Hausherr faltete seine Zeitung zusammen und wartete, bis Marina mit Kaffee und Kuchen versorgt war. „Ich habe mir heute früher freigenommen. Was genau können wir denn noch für Sie tun?“, fragte er dann mit einem verbindlichen Lächeln, doch seine Augen blieben kühl.

„Ah, die Presse-Tussi ist hier“, klang es da von der Tür, und ein junger Mann betrat den Raum, der sich Marina als Sohn des Hauses vorstellte. Claus deutete mit dem Daumen auf seine Eltern: „Und? Was erzählen die so?“

„Du bist respektlos“, wies sein Vater ihn zurecht, „das musst du dir als künftiger Firmenchef abgewöhnen.“

„Und du kannst den Betrieb behalten“, gab Claus trotzig zurück. „Was muss ich tun, damit du das endlich kapierst?“ An Marina gewandt fuhr er fort: „Bei uns ist gerade die Zeit der Wahrheiten angebrochen. Wenn Sie welche erfahren wollen, können wir uns gern mal treffen – allein, meine ich.“

Kottenbaum warf seinem Sohn einen wütenden Blick zu, dann stand er schnell auf. „Wo Sie schon hier sind, Frau Blau, lassen Sie uns in den Garten gehen. Ich möchte Ihnen etwas zeigen."

Er führte Marina zu einer Holzbank, die so wenig zum mediterranen Stil der übrigen Terrassenmöbel passte wie sie als Vorwand für die Gesprächsverlagerung in den Garten taugte. Aber das schien dem Unternehmer, der ihr den Holzblock als sein Tischlergesellenstück vorstellte, ganz egal zu sein.

Seine Frau durfte sie nicht allein sprechen, von seinem Sohn hielt er sie fern – Marina fuhr missvergnügt mit der Hand über die groben Schnitzereien. So kam sie nicht weiter. Da fiel ihr das Mittel wieder ein, mit dem sie den Mann vielleicht doch noch aus der Ruhe bringen konnte: „Übrigens, Herr Kottenbaum: Ich habe eine anonyme E-Mail erhalten. Sagt Ihnen der Name Diana etwas?"

Doch er wirkte nicht getroffen, ja nicht einmal überrascht. „Ihnen werden also Informationen über mich zugespielt", entgegnete er nickend, „das hat man mir angekündigt, natürlich auch anonym. Jemand will offensichtlich, dass Sie die Sache mit der Diana-Therme in Ihrer Reportage erwähnen."

„Eine Quelle? Die heißt Diana?", konnte Marina ihr Erstaunen nicht verbergen.

„Ja", bestätigte er, „wenn Sie das größte Thermalbad, das je im Taunus gebaut worden ist, so bezeichnen wollen."

Marina ließ sich auf die Holzbank fallen. Sie brauchte eine Sekunde, um sich von der rothaarigen Affäre zu verabschieden.

Mehr Zeit ließ der Unternehmer ihr auch nicht. „Was ich dazu sage, ist Folgendes: Vor vier Jahren fand die öffentliche Ausschreibung der Diana-Therme statt. Wir kamen nicht zum Zug. Schnee von gestern." Das sei zwar ärgerlich gewesen, aber Ausschreibungen verlor man fast täglich. Wer wäre so albern anzunehmen, dass ihm deshalb graue Haare gewachsen seien?

„Und jetzt, wo das geklärt ist", beendete Kottenbaum Marinas Besuch, „will ich Sie wirklich nicht länger aufhalten."

*

Als Marina wenig später in das Büro ihres Chefredakteurs trat, saß dort ein Mann am kleinen Konferenztisch. Er trug einen gut geschnittenen grauen Anzug, doch die Stoppelhaare sowie ein Dreitagebart machten jeden Anflug von Eleganz zunichte.

„Das ist Jakob Streuner, Rechtsanwalt, ein alter Freund von mir", stellte Tobias ihn vor. „Er wird uns rechtlich in der Sache Kottenbaum beraten, ganz inoffiziell zunächst."

„Inoffiziell heißt, du bezahlst mich nicht?", grinste Streuner.

Der Chefredakteur verdrehte seine braunen Augen: „Keine Angst, Jakob, so arm ist Faktopolis noch nicht. Ich meinte nur, dass wir es nicht an die große Glocke hängen."

„Was ist denn los", meldete Marina sich zu Wort. „Habe ich etwas verpasst?"

Tobias verzog schmollend das Gesicht. „Zunächst gilt das wohl für mich. Wieso hast du mich nicht über die anonyme Mail informiert?"

„Wer sagt dir, dass ich das nicht gerade tun wollte?", fragte Marina kühl zurück.

Tobias wartete vergeblich auf eine weitere Erklärung. Streuners Grinsen wurde noch etwas breiter. „Aha", sagte der Chefredakteur nach einer Weile. „Was genau stand denn drin? Wir haben nämlich ein Fax von Kottenbaum bekommen."

„Kann ich das sehen?", entgegnete Marina überrascht.

„Klar", mischte sich da der Anwalt ein, „aber jetzt rücken Sie erst mal mit Ihrer Geschichte heraus."

Wurde das ein Verhör? Als Marina mit ihrem Bericht fertig war, reichte Tobias ihr das Fax. Kottenbaum verlangte, über weitere anonyme Mails informiert zu werden, damit er dazu Stellung nehmen könne. Er schrieb, er hoffe auf seriösen Journalismus. Und er drohte unverhohlen mit hohen Schadenersatzforderungen, falls das Wirtschaftsmagazin seinen guten Ruf als Unternehmer durch eine spekulative Reportage beschädigen würde.

„Hut ab, Frau Blau, den haben Sie aufgescheucht", rief Streuner sarkastisch. „Wenn ein Unternehmer wie der Kottenbaum Wind davon bekommt, dass ihm einer was anhängen will, spielt der nicht das Kaninchen vor der Schlange."

„Ich hänge ihm nichts an", sagte Marina.

Streuner winkte ab: „Die Gelegenheit gibt er Ihnen auch nicht. Der hetzt euch noch vor der Veröffentlichung seine Anwälte auf den Hals." Er fuhr sich mit der Handkante über die Kehle und knurrte: „Einstweilige Verfügung!"

„Du meinst, er wird verhindern, dass die Ausgabe mit der Reportage überhaupt erscheint?" Tobias wurde bleich. So etwas wäre der finanzielle GAU.

„Wenn ihr irgendetwas schreibt, was ihr dem Richter nicht glaubhaft machen könnt, kann Kottenbaum damit durchkommen", bestärkte der Anwalt seine Worte. „Und bis geklärt ist, wer recht hat, gehen bei Faktopolis die Lichter aus."

Marina blieb regungslos sitzen. „Das heißt, Sie empfehlen mir, in meiner Reportage nicht mit hohlen Anschuldigungen um mich zu werfen?"

„Sie haben's erfasst", bestätigte Streuner prompt.

„Dein Freund hat sein Honorar verdient", nickte nun auch Marina und verbiss sich dabei ein ironisches Lächeln. „Das haben wir zwar schon als Volontäre gelernt. Aber erst, wenn's der Jurist formuliert, klingt es nach Gesetz."

„Marina, bitte, er hat doch recht", versuchte Tobias zu vermitteln. „Ich weiß, wie sauber du recherchierst. Aber in dieser Sache dürfen wir nichts riskieren."

In Streuners Gesicht zeichnete sich Ärger ab. Oder war er nur verblüfft? Egal, dieses Mal ließ Marina ihm keine Chance zum Angriff. „Willst du die Reportage etwa absetzen?", fragte sie Tobias direkt. „Gerade jetzt, wo etwas ins Rollen kommt? Lässt du dich so einschüchtern von einem Fax?"

„Ich bin nur vorsichtig", verteidigte sich der Chefredakteur gekränkt. „Anonyme Mails geben keine guten Quellen ab! Und bisher sehe ich keinen einzigen Fakt, der wirklich gegen Kottenbaum spricht. Oder, Marina? Na los, dann raus damit."

Warum zwang er sie eigentlich immer, die Karten auf den Tisch zu legen, noch bevor sie sich selbst über deren Wert im Klaren war? Sie hasste das. Aber wollte sie weitermachen, blieb ihr offensichtlich keine Wahl. Es kostete sie einige Anstrengung, doch als sie sich wieder den Männern zuwandte, klang ihre Stimme fest und sachlich:

„Die Diana-Therme war ein 45-Millionen-Euro-Projekt, das habe ich gerade recherchiert. Geboten hat Kottenbaum auf den Innenausbau mit einem Volumen von 14 Millionen Euro, aufgeteilt auf mehrere Einzellose. Den Auftrag nicht zu bekommen, hat ihn also den größten Teil des Jahresumsatzes und rund 1,4 Millionen Euro Gewinn gekostet, wenn man Durchschnittswerte zugrunde legt. Warum spielt er diesen herben Verlust mir gegenüber so herunter und beschießt uns gleich darauf mit diesem scharfen Fax? Das passt nicht zusammen. Ich weiß, dass es sich lohnen wird, weiter nachzuhaken. Wenn ich etwas Handfestes aufdecke – und, Herr Streuner, beweisen kann –, dann musst du dir über die Auflage jedenfalls keine Sorgen machen, Herr Chefredakteur."

Aus Tobias' Gesicht wich der Ärger, ja es machte sich so etwas wie Stolz darin breit. „Sie ist gut", raunte er Streuner gerade so laut zu, dass auch Marina es verstand. „Deshalb habe ich sie nach Frankfurt geholt."

Marina war es egal, wie Tobias sein Gesicht vor dem Freund wahrte – Hauptsache, er ließ sie gewähren. Ihr Plan stand längst fest: „Ich werde dem anonymen Gabriel antworten. Er soll Fakten liefern, wenn er will, dass wir der Sache nachgehen. Dann sehen wir weiter."

„Also gut", stimmte Tobias zu, „versuchen wir das. Oder was denkst du, Jakob?"

Streuner zuckte mit den Schultern: „Ist eure Entscheidung. Aber kommt etwas Ungesetzliches ans Licht, müssen wir die Behörden informieren, bevor euer Blatt damit an die Öffentlichkeit geht."

Marina nickte erleichtert, doch der Dämpfer folgte sogleich. „Ich stelle aber eine Bedingung", schloss nämlich Tobias die Sache ab. „Du wirst mich und unseren Rechtsbeistand hier über jeden einzelnen deiner Schritte informieren."

Was blieb ihr übrig? „Natürlich", sagte sie kühl.

Und Jakob kniff ein Auge zu, als bestätige er eine geheime Abrede mit dem Freund.

*

Es war schon dunkel, als Marina die Redaktion verließ und ihr Fahrrad aufschloss. Bis zu ihrer Wohnung am Schweizer Platz in Sachsenhausen waren es nur zwei Kilometer. Doch Radfahren im Frankfurter Stadtverkehr kam einer täglichen Mutprobe gleich, und so stürzte sie sich in die Straßenfluchten wie ein Bungeejumper in den Abgrund.

Sie schlängelte sich in den verstopften Gassen zwischen Autos und Straßenbahngleisen hindurch. Das erforderte ihre volle Konzentration. Kam sie zu Hause an, hatte sie genügend Abstand vom Redaktionsalltag gewonnen, um die tagsüber gesammelten Fakten aus einer neuen Perspektive zu beleuchten. Sie verbrachte ihre Abende nämlich überwiegend allein und hielt das keineswegs für die schlechteste Lösung. Brauchte ihr Kopf eine Pause, ging sie joggen. Dann konnte sie ihren Körper spüren, bis er sich völlig erschöpft entspannte und sie manchmal sogar ohne Albträume schlief.

An diesem Tag sollte sie jedoch nicht mehr zum Laufen kommen. Erstens roch es nach Regen. Und zweitens kam auch Eve gerade nach Hause, als Marina ihr Rad in den Hausflur schob. Die zierliche Frau mit den auffallend roten Haaren arbeitete als freie Fotografin, manchmal auch für Faktopolis.

Eve stellte ihren Einkauf im Hausflur ab, um die Tür hinter Marina zu schließen. „Bio-Landeier, Kartoffeln und –

original Frankfurter Grüne Soße!", zählte sie verführerisch auf. „Von dem Feinkostladen auf unserer Straße, die haben dieses Jahr den 2. Platz beim ‚Grüne Soße Festival' gemacht. Komm zum Abendessen, die musst du probieren!"

Warum eine kalte Soße mit sieben Kräutern alle Frankfurter derart in Verzückung versetzte, erschloss sich der zugereisten Marina nicht. Aber ihr fiel keine gute Ausrede ein, und außerdem hatte sie Hunger, also nahm sie die Einladung an: „Ich ziehe mich kurz um, dann komme ich hoch."

In ihrem Bad warf Marina einen kurzen Blick in den für ihren Geschmack viel zu großen Spiegel, dann streifte sie ihren Pullover ab. Die Brandnarbe, die sich an ihrem linken Arm vom Ellbogen bis hoch zur Schulter zog, leuchtete feuerrot. Sie trug etwas Salbe auf und ärgerte sich, weil sie den Schmerz der Verletzung schon wieder empfand.

Konnte der sie nicht einfach in Ruhe lassen?

DONNERSTAG

Der Baudezernent würde kommen, vielleicht sogar die Oberbürgermeisterin. Dazu natürlich alles, was innerhalb der Industrie- und Handelskammer Rang und Namen hatte, und nicht zu vergessen die Branchenkollegen – das ganze Konkurrentenpack.

„Einen Tee bitte, Frau Schmitt", gab Kottenbaum an seine Sekretärin durch. Sein Magen vertrug an diesem Morgen keinen Kaffee. Das lag nicht etwa daran, dass er wegen des Vortrags nervös gewesen wäre, der in ein paar Stunden anstand. Heute gab die IHK einen Empfang zu seinen Ehren als „Unternehmer des Jahres". Man hatte ihn gebeten, ein paar Worte an die Gäste zu richten, und er gedachte, sich die versammelten Herrschaften gehörig vorzuknöpfen. Wenn ihm nur der eingeschnürte Magen diese Genugtuung nicht verdarb. Wo blieb der Tee?

Kottenbaum machte die anonyme E-Mail zu schaffen, die auch er am Vortag erhalten hatte. Jemand, der sich sein „Retter" nannte und der Presse Informationen zuspielte, wollte erst wieder damit aufhören, wenn Kottenbaum einer ganz bestimmten Forderung nachgab. Das war ihm aber vollkommen unmöglich. Er konnte also nur abwarten, wie weit der „Retter" tatsächlich gehen würde – und überhaupt im Bilde war.

Als Kottenbaum eine gute Stunde später die Treppe zum Festsaal im IHK-Gebäude hinaufstieg, sah man ihm das morgendliche Schwächeln nicht mehr an. Der Fencheltee hatte seine Wirkung entfaltet. Noch besser war ihm ein Anruf in der Faktopolis-Redaktion bekommen. Es gab keine neue Mail! Sein „Retter" schwieg. Mehr wusste sein Gegner also ganz offensichtlich gar nicht.

Marina schlüpfte durch die schwere Holztür in den voll besetzten Saal, als der Unternehmer schon zu reden begann. Nicht lange, und er hatte die Journalistin davon überzeugt, dass so mancher der hier Anwesenden als sein anonymer Feind in Frage kam.

Kottenbaum sprach von den irrsinnigen, unnötigen Gesetzen, die ihm die Politiker wie Knüppel zwischen die Füße warfen, und vom modernen Raubrittertum des Fiskus. Denn wie nenne der seine bundesweite Steuereintreibungs-Software? Elektronische Steuererklärung – kurz ELSTER, genau wie der diebische Vogel. Und da Finanzbeamte ja bekanntlich humorlos seien, müsse man das wohl als ehrliche Ansage verstehen und sich sehr aufwändig damit befassen, die eigenen, hart verdienten Silberlinge vor den Vögeln des Fiskus zu schützen.

Doch damit nicht genug: Auch in den Unternehmerreihen herrsche die Gier. Er habe nichts gegen gesunden Wettbewerb, im Gegenteil. Aber in der Baubranche gingen zwei Seuchen um, und die hießen Bestechung und Lohndumping. Dagegen gebe es nur eine Strategie: Gegen den Strom schwimmen, seine Leute gut ausbilden und ausreichend bezahlen, um mit Wertarbeit solche Kunden zu gewinnen, die zahlungsfähig und -willig seien, so dass der Betrieb auf Basis einer nachhaltigen Wertschöpfung weder durch korrupte Konkurrenten noch durch diebische Elstern ruiniert werden könne.

Das sei schon immer seine Strategie gewesen, sagte Kottenbaum. Wenn er sich also über die Auszeichnung als „Unternehmer des Jahres“ freue, dann nicht deshalb, weil sie ihm eher lästigen Ruhm und gewiss neue Feinde beschere. Nein, er verstehe sie als Bestärkung, sich weiter mit wirtschaftlichem Anstand in einer der Krisenbranchen schlechthin zu behaupten.

Es dauerte eine kleine Weile, ehe höflicher Beifall aufkam. Marina blickte sich in dem Saal um. Neue Freunde hatte sich der Unternehmer mit dieser Moralpredigt kaum gemacht. Aber war Angriff nicht die beste Verteidigung? Dass er so sehr in die Offensive ging, stimmte Marina in Sachen seiner makellos reinen Weste nur noch skeptischer.

*

Der anonyme Gabriel meldete sich am späten Nachmittag. Marina öffnete seine Mail und las gespannt:

Sie wollen Fakten? Ich dachte doch, Reporter finden alles selbst heraus. Leonhard Kottenbaum ist wegen eines angeblichen Formfehlers von der öffentlichen Ausschreibung zum Bau des Thermalbades Diana-Therme in Bad Taunusbrunn ausgeschlossen worden, obwohl das günstigste Angebot von ihm kam. Ein um 300.000 Euro teurerer Bieter erhielt den Zuschlag. Dass Gelder so verschwendet werden, hat seine Einstellung zum Steuernzahlen verändert. Fragen Sie ihn danach!

Hinterzog Kottenbaum Steuern? Aus Frust über die Verschwendung? Das warf ein neues Licht darauf, warum er so schlecht auf den Fiskus zu sprechen war. Andererseits: Gabriel lieferte nur Behauptungen, auf die jeder kommen konnte, der kein Freund des Unternehmers war. Diese Mail brachte sie im Grunde keinen Deut weiter.

Marina tippte „Steuerverschwendung Taunusbrunn“ in die Internet-Suchmaschine ein und stieß auf eine alte Meldung des Taunusbrunner Wochenblatts: „Skandalöse Steuerverschwendung – Thermalbad vor dem Aus?“ Der Text deutete einen Ausschreibungsskandal an. Die Staatsanwaltschaft ermittle und der Bürgermeister gerate unter Druck.

Es klopfte, und Jakob Streuner rauschte ins Zimmer. „Sie haben sich nicht gemeldet“, lautete seine Begrüßung, „und ich will Tobias ohnehin abholen. Hat dieser Gabriel keine Mail mehr geschickt?“

Nicht dass Marina sich ertappt gefühlt hätte. Doch ihr war klar, dass ihre Antwort mehr als fadenscheinig klang: „Gerade vor fünf Minuten habe ich seine zweite Nachricht bekommen – und übrigens, guten Tag!“

„Ja, einen guten Tag“, sagte Jakob gedehnt, doch Marina war es egal, ob er ihr glaubte oder nicht.

Ein paar Minuten später saßen sie bei Tobias im Büro, diskutierten die neue Nachricht und waren sich ausnahmsweise einig: Die Mail offenbarte ein Motiv dafür, warum Kottenbaum zum Steuerhinterzieher geworden sein könnte – wenn diese Anschuldigung denn stimmte. Ärger über die öffentliche Verschwendung diente als Alibi, sich guten Gewissens am Gemeinwohl zu vergehen.

„Tja, Unternehmer und Moral, das passt eben doch nicht zusammen“, urteilte Tobias in Anspielung auf Marinas Bericht von Kottenbaums fulminanter Rede.

Doch die schüttelte nachdenklich den Kopf: „So einfach ist es auch nicht. Steuern hinterziehen nicht nur Leute, die Betriebe führen. Es geht – das habe ich neulich erst gelesen – allein hierzulande jedes Jahr um rund 30 Milliarden. Und wie wird das Vergehen dennoch überall genannt: Volkssport Nummer eins. Das zeugt von einer gesamtgesellschaftlichen Einstellung oder sagen wir: Doppelmoral.

Bei anderen Straftaten – Diebstahl, Betrug, Gewalt – käme niemand auf die Idee, sie als Sport zu verharmlosen."

„Sehr korrekt, Frau Blau", pflichtete Streuner ihr bei. Schon machte Marina sich auf Spott gefasst, doch der Anwalt war ganz ernsthaft ihrer Meinung: „Erst wenn sich einer beim Tricksen erwischen lässt, fällt die Meute entrüsteter Bürger über ihn her – umso schonungsloser, je schlechter das eigene Gewissen ist. Aber unser Tobi hier, der teilt die Welt noch in Gut und Böse ein. Er ist eben ein hoffnungsloser Romantiker."

Tobias sah seinen Freund wütend an, doch dann brachte er die Diskussion zum Thema zurück: „Halten wir fest: Ob Kottenbaum tatsächlich Steuern hinterzieht, wissen wir nicht."

„Ihn danach zu fragen, wäre sinnlos und eine unnötige Kriegserklärung", ergänzte Streuner. „Da Frau Blau nicht vorhat, einfach so darüber zu schreiben, sehe ich auch keinen Grund, Kottenbaum über die neue Gabriel-Mail zu informieren. Was also wollen Sie jetzt tun?"

Für Marina gab es da keine Frage: „Weiter recherchieren. Und Gabriel noch einmal schreiben, dass seine Informationen nicht ausreichend sind. Ich melde mich, wenn es etwas Neues gibt."

Streuner erhob sich: „Keine Einwände, Euer Ehren!" Er schlug Tobias auf die Schulter. „Dann komm, wir wollten doch zum Squash. Da treibe ich dich übers Feld, während Frau Blau den Kottenbaum jagt."

Marina konnte sich eines kleinen Lächelns nicht erwehren. Tobias zeigte weniger Humor und boxte Jakob zu hart an den Arm: „So toll bist du gar nicht."

Doch der grinste nur breit: „Na dann los!"

Tobias zögerte noch immer. „Ruf mich an, Marina, wenn

du etwas herausfindest.“ Ein paar Sekunden später schlug er sich mit der Hand gegen die Stirn: „Jetzt fällt es mir ein. Ich will heute Abend zu Eve, um mit ihr eine neue Fotoserie zu besprechen. Dann komme ich noch mal kurz vorbei?“

Es war diese Frage, die keine war. „Was willst du von mir, mich kontrollieren?“, blaffte Marina ihren Chefredakteur an.

„Aber nein, es ist doch nur, weil ich ohnehin bei Eve bin“, entgegnete Tobias etwas fadenscheinig.

„Ach komm schon, davon hat sie mir nichts erzählt“, zischte die Journalistin kühl, „lass doch bitte diese Spielchen.“ Und ehe Tobias sich versah, verließ sie die Redaktion durch die Hintertür und stapfte auf der Mainpromenade davon.

Jakob zog den Freund am Arm: „Lass sie gehen.“

„Aber das ist jetzt echt ein Missverständnis“, murmelte Tobias gequält, „ich wollte sie doch nur sehen.“

„Verknallt bist du“, erkannte Jakob prompt, und Tobias leugnete nicht.

„Offensichtlich will sie von mir aber nichts mehr wissen“, gab er trübe zurück.

*

War es ein Fehler gewesen, nach Frankfurt zu gehen? Als Tobias ihr die Stelle angeboten hatte, war Marina nicht wegen, sondern trotz ihrer alten – und wie sie geglaubt hatte längst vergessenen – Beziehung am Main gelandet, ganz einfach deshalb, weil sich die Faktopolis-Redaktion hier im Westhafen im Erdgeschoss befand.

Marina blickte auf den Fluss, umfasste ihren Arm und versuchte vergeblich, nicht an den Unfall zu denken und nicht daran, wie er sie aus Hamburg vertrieben hatte. Wie in dem Verlagsgebäude dort ein Feuer ausgebrochen war. Dass es sie eingeschlossen hatte. Dass die Feuerwehr sie fast zu spät fand, den Arm unter einem glühenden Balken eingeklemmt und gerade noch einen Funken Leben im Leib.

Man hatte sie retten können. Doch Räume ohne ebenerdigen Fluchtweg ertrug sie nicht mehr. Sie kehrte nicht an ihren Arbeitsplatz in der alten Redaktion zurück, die nach dem Brand in den sechsten Stock eines Nebengebäudes gezogen war.

Inzwischen konnte ihr die Angst vor dem Feuer nicht mehr so viel anhaben. Sie hatte gelernt, sich einen Eispanzer um Herz und Bauch zu legen, um die Furcht und mit ihr jedes Gefühl einfach einzufrieren. Sie wollte sich nur noch auf ihre Arbeit konzentrieren, und sie würde sich vor Tobias, der ihr zu nahe kam, wie vor dem Feuer hüten.

FREITAG

Hardy hatte „BP“ ausfindig gemacht – den Schreiber des Berichts, der im Taunusbrunner Tageblatt den Ausschreibungsskandal angedeutet hatte. Bastian Prust, so sein voller Name, fungierte als erster und einziger Redakteur des Provinzblatts. „Das Kaff liegt hinter dem Taunuskamm, knapp 40 Kilometer von hier. Mit meinem Motorrad schaffen wir das schnell“, sagte der Volontär und schaute Marina erwartungsvoll an. „Komm schon, den knöpfen wir uns vor.“

Der Septembermorgen war warm und trocken, über Frankfurt lag noch Dunst, doch der löste sich im Sonnenschein auf, je weiter sie nach Norden in den Taunus hineinkamen. Zuerst war der Verkehr noch dicht, und Hardy schlängelte sich langsam zwischen den Autos hindurch. Auf der kurvigen, fast leeren Landstraße gab er dann Gas.

Marina genoss die Geschwindigkeit. Sie sog die vorbeifliegende Landschaft in sich auf. Der Herbst hatte schon erste bunte Blätter in das satte Grün der Wälder gewebt. Fast zu schnell kamen sie in Bad Taunusbrunn an. Hardy nahm den Helm ab und lachte voller Freude: „Das war ein Ritt.“

Drei Minuten nach ihrem Klingeln streckte ein älterer Mann sein unrasiertes Gesicht zur Tür seines Hauses heraus: „Bittschön?“

„Herr Prust?“ Als er nickte, bat Marina um seine kollegiale Mithilfe in einer journalistischen Angelegenheit von großer Wichtigkeit.

„So, so, wer’s glaubt“, brummte er. „Sie können kurz reinkommen, es ist aber nicht aufgeräumt.“

Das entpuppte sich als krasse Untertreibung. Schon im Flur stapelte sich das Altpapier. Dazwischen lagen Schuhe, schmutzige Mäntel und Jacken. Auf dem Couchtisch standen noch die Reste seiner Abendmahlzeit und eine halbvolle Flasche Bier.

Wie viele Trinker, die die Grenze zur Sucht längst überschritten haben, blendete Prust die Wirkung seines stinkenden und verräterischen Zuhauses einfach aus. „Ein Bier?“, fragte er seine Besucher gleichmütig. Als sie ablehnten, nahm er sich die angebrochene Flasche: „Sie erlauben? Ich habe noch nicht gefrühstückt.“

Hardy zog einen Ausdruck des Berichts „Skandalöse Steuerverschwendung – Thermalbad vor dem Aus?“ hervor. „Wir würden gern mehr darüber hören.“

Prust starrte auf die Buchstaben, und Marina dachte schon, er würde ohne Lesebrille nichts erkennen. Da sprang er plötzlich auf: „Geht das schon wieder los? Sie sind doch gar keine Journalisten! Wer schickt Sie?“

„Wir kommen vom Wirtschaftsmagazin Faktopolis“, entgegnete Marina schnell, „Sie können gern meinen Presseausweis sehen.“ Ihr Herz galoppierte, so hatte seine heftige Reaktion sie erschreckt. Der Ausbruch schien Prust aber schon erschöpft zu haben. Er sank auf das Sofa zurück und sagte kein weiteres Wort.

„Was meinen Sie damit, es ginge wieder los?“, fragte Marina. „Setzen Sie uns ins Bild“, versuchte es Hardy. Doch der Mann spülte nur Schluck für Schluck sein Bier hinunter. Seine Hände begannen zu zittern.

„Hören Sie“, entschied sich Marina für einen Bluff, „Sie haben ja recht. Tatsächlich stehen wir in Kontakt zu Leonhard Kottenbaum.“

Prust zuckte zusammen, wobei ihm die Flasche entglitt und vom Sofa auf den Boden kullerte. „Der soll mich in

Ruhe lassen", heulte er leise auf, „der hat schon genug angerichtet."

„Und wenn er das wiedergutmachen will?", sprach Marina weiter ins Blaue hinein.

„Wie denn? Mit Geld?" Prust verbarg seinen Kopf in den Händen. „Das macht meine Frau nicht mehr lebendig."

Marina warf Hardy einen erschrockenen Blick zu. Sie hob die noch nicht ganz leere Bierflasche auf. Langsam streckte Prust seine Hand danach aus. Doch Marina kam ihm nicht entgegen. „Sagen Sie uns, was damals passiert ist. Was hat Kottenbaum getan?"

Prust stierte voller Verlangen die Flasche an, und endlich brach sein Widerstand in sich zusammen. „Der Kottenbaum ist doch auch nur ein armes Schwein. Ausgebootet haben sie den, weil er niemanden bestechen wollte."

„Um bei der Ausschreibung zum Zuge zu kommen?", fragte Marina erstaunt. Sie reichte ihm das Bier.

Er seufzte erleichtert: „Genau." Und dann rückte er mit seiner ganzen Geschichte heraus. „Die Diana-Therme ist wichtig für unsere Region: Hohes Investitionsvolumen, viele Arbeitsplätze hängen dran, Touristen soll sie uns bringen. Nicht auszudenken, das Projekt wäre den Bach hinuntergegangen. Kottenbaum legte es aber mit seiner Anzeige wegen Betrugs genau darauf an. Ermittelt hat Clemens Böttger vom Wirtschaftsdezernat Frankfurt, und zu dem hatte ich einen guten Draht, alte Schulfreundschaft und so. Darum hat der mir das Gemauschel gesteckt, und dass unserem Bürgermeister der Hintern auf Grundeis ging, weil er selbst diese Projektierungsgesellschaft für die Ausschreibung an Land gezogen hatte – und jetzt sollten da Betrüger am Werk sein? Mein Bericht damals hat ein Drama ausgelöst. Die haben den Kottenbaum in die Mangel genommen, bis der seine Anzeige zurückzog. Und Böttger, der stellte sich plötzlich blind und taub, auch dem haben die einen Maulkorb verpasst." Er verstummte.

„Die?", fragte Marina. „Wen meinen Sie damit?"

„Na eben die! Die Aasgeier, die Mörder – die kennt doch Ihr Kottenbaum besser als ich. Ich habe es nie herausgefunden. Eines Abends kamen zwei Männer und gaben mir viel Geld, damit ich kein Wort mehr über die Ausschreibung schrieb. Ich hab's sofort begriffen: Mit denen legst du dich nicht an. Aber meine Frau, die hatte Angst, die wollte zur Polizei nach Frankfurt. Doch dort kam sie nie an. Verkehrsunfall. Mit Fahrerflucht."

„Das tut mir sehr leid", sagte Marina langsam. „Hat die Polizei die Sache verfolgt?"

„Klar, aber es war nichts nachzuweisen. Selbst der Koffer mit dem Geld war plötzlich wieder weg. Die dachten, ich hätte mir die Geschichte nur ausgedacht, weil ich mit dem Tod meiner Frau nicht zurechtkam."

Er ließ den Kopf sinken, und Schweigen breitete sich im Raum aus. Marina sah Hardy an, dem das aufmunternde Grinsen vergangen war.

Nach einer Weile sprach Prust leise weiter: „Was sollte ich tun, wenn selbst Böttger kniff? Das Verfahren um die Ausschreibung wurde eingestellt. Mich hat kein Teufel geritten, daran zu rütteln – glatter Selbstmord. Das hätte der Inge auch nicht mehr geholfen."

Dann maß er seine Gäste mit bösem Blick: „So, und jetzt zischt ab! Ihr könnt dem Kottenbaum sagen, ich stehe nicht zur Verfügung, wenn er die alten Wunden wieder aufreißen will. Ist ja doch alles zwecklos, mehr weiß ich ja nicht. Ich mag lebensmüde sein, aber umbringen lasse ich mich nicht – von denen nicht."

„So wie es aussieht, wird es der Alkohol sein, der den über kurz oder lang um die Ecke bringt", fasste Hardy wenig später seinen Eindruck zusammen.

„Das – und die Selbstvorwürfe, die er sich gewiss ständig macht", stimmte Marina zu. „Da sieht man mal, was passieren kann, wenn eine Story direkt ins Schwarze trifft."

„Wenn du das alles Tobias erzählst, zieht der uns sofort von der Kottenbaum-Reportage ab", unkte Hardy.

„Ehrlich gesagt", entgegnete Marina nachdenklich, „frage ich mich auch schon, in welchem Wespennest wir hier herumstochern."

Auf dem Weg zurück fuhr Hardy deutlich vorsichtiger. Marina lehnte ihren Kopf an seinen Rücken und hatte für die Landschaft keinen Blick. Wenn das hier gefährlich würde, musste sie es ohne den Volontär weiter durchziehen.

Sie ließ sich von Hardy direkt zu Jakob Streuners Kanzlei fahren und gab ihm für den Rest des Tages frei. Somit würde er zunächst aus der Schusslinie sein, denn am Wochenende wollte er mit seinem Freund nach Berlin. Und wenn er nicht da war, konnte er Tobias auch nichts erzählen, was sie lieber noch eine Weile für sich behielt.

*

Streuners Büro lag im teuren Frankfurter Westend-Nord, allerdings in einem etwas schäbigen 50er-Jahre-Bau, in dessen Obergeschoss er auch wohnte. Marina stieg beherzt in den ersten Stock und fand die Tür mit den großen, schwarzen Buchstaben „Jakob K. Streuner, Rechtsanwalt". Wofür das K wohl stand?

„Frau Blau, was kann ich für Sie tun?", kam der Anwalt sofort zur Sache.

„Ich brauche Ihre Hilfe."

Streuner schmunzelte: „Wäre da nicht Tobias der bessere Ansprechpartner?"

„Keinesfalls", wehrte Marina ab. Sie erzählte von ihrem Ausflug nach Bad Taunusbrunn und verschwieg nur den „Unfall" von Prusts Frau. „Wenn ich Kottenbaums Anzeige finde", schloss Marina ihren Bericht, „kann der nicht länger behaupten, er habe die Ausschreibung einfach so verloren. Dann muss er Farbe bekennen, was damals wirklich los gewesen ist."

„Könnte klappen", nickte Streuner, doch gleich darauf zog er wieder ein skeptisches Gesicht: „Aber wenn ich Sie richtig verstehe, haben Sie nichts in der Hand außer der ins Konzept passenden Bestechungsgeschichte eines versoffenen Provinzschreiberlings, dem man seine Aussage schon damals nicht geglaubt hat."

„Da liegt der Hund begraben", nickte Marina, „und da kommen jetzt Sie ins Spiel!"

Streuner zog eine Augenbraue hoch, doch Marina fuhr unbeirrt fort: „Kommen Sie, als Anwalt haben Sie doch Kontakte. Ich will, dass Sie die Akte zur Diana-Therme einsehen. Auch wenn die Untersuchung eingestellt wurde, muss Kottenbaums Anzeige daraus hervorgehen."

„Na gut, einen Versuch ist es wert", stimmte Streuner zu. „Ich könnte einen Freund anrufen, Jens Wintermann. Der ist Staatsanwalt für Wirtschaftsstrafsachen, und er schuldet mir noch was."

Geht doch, dachte Marina erleichtert. So übel war Tobias' Freund gar nicht. Laut sagte sie: „Ich bin begeistert." Sie verabredeten sich für den Abend in einer Sachsenhausener Apfelwein-Wirtschaft nahe Marinas Wohnung, um dort die Erkenntnisse des Tages zu besprechen – natürlich nicht ohne Tobias.

*

Die dritte Mail vom anonymen Gabriel kam kurz vor dem Abend:

Fragen Sie Leonhard Kottenbaum nach seinem Konto in Liechtenstein.

Marina knallte den Ausdruck in der Gastwirtschaft auf den Tisch, an dem schon ihr Chefredakteur und der Anwalt saßen. Wer Steuern hinterzog, konnte gut auch ein Konto im Ausland unterhalten. Dieser Gabriel lieferte nicht den geringsten Beweis dafür, dass er etwas wusste, was nicht jeder vermuten würde. Über solche anonymen Anschuldigungen brauchte Kottenbaum sich gar nicht aufzuregen. Marina würde sie niemals verwerten können.

Auch Streuner musste sie enttäuschen. Es gab keine Akte „Diana-Therme". Sein Freund Wintermann hatte in jedem Verzeichnis gesucht, keine Spur. Streuner war sogar noch zu Clemens Böttger gefahren, der inzwischen im Polizeiarchiv arbeitete. Er hatte ihm die Hölle heiß gemacht. Doch Böttger konnte sich an keinen Fall in Bad Taunusbrunn erinnern, und einen Freund namens Prust kannte er gar nicht.

Marinas Ärger übertrug sich auf ihren Magen, der deutlich zu knurren begann. Sie bestellte sich eine Pizza, die unter „Grüne Soße mit Ochsenbrust“ und „Handkäs’ mit Musik“ ganz klein auf der Karte stand, dazu einen Apfelwein, süßgespritzt.

Tobias als echter Frankfurter machte ein entsetztes Gesicht und murmelte so etwas wie „Eidäggsefudda“. Doch dann nahm er sich zusammen, wählte ebenfalls eine Pizza zu seinem puren Apfelwein und warf dann wie beiläufig ein: „Schade, aber dass es keine Akte gibt, deckt sich mit meinen Informationen.“

Er schien die Aufmerksamkeit zu genießen, die ihm die anderen beiden schlagartig schenkten. „Ja, ich war auch nicht untätig heute Nachmittag. Ich habe mich ein bisschen umgehört und dann Max Schulze-Pohl besucht. Der ist ebenfalls Bauunternehmer und hat die Ausschreibung der Diana-Therme gewonnen, nachdem die TK-Trockenbau GmbH ausgeschieden war. Ratet also, wen unser Kottenbaum angezeigt hat: eben jenen Max Schulze-Pohl! Doch der sagte, die Vorwürfe seien völlig haltlos gewesen, und deshalb habe Kottenbaum die Anzeige ganz schnell wieder zurückgezogen. Kein Wunder also, dass diese Akte keiner aufgehoben hat.“

Marina ließ enttäuscht den Kopf sinken, und auch Streuner fiel dazu nichts ein.

„Sehen wir es mal vom journalistischen Standpunkt“, fasste der Chefredakteur die Situation zusammen, als der Kellner die bestellten Pizzen brachten, „wir haben keine Titelstory für die nächste Ausgabe. Und du weißt es, Marina: Mittwoch, nächsten Mittwoch, in fünf Tagen also – fünf! – ist Redaktionsschluss.“

„Dann bleibt ja noch viel Zeit“, gab Marina bissig zurück, schnitt sich ein Stück von ihrer Pizza ab und kämpfte mit den Käsefäden.

Tobias seufzte: „Ich muss mich nach einem Ersatzthema umschauen.“

Da mischte sich Streuner wieder ein, der sich sehr konzentriert mit seinem Essen beschäftigt hatte: „Was will dieser Gabriel eigentlich? Kottenbaum wirtschaftlich schaden, ihm eins auswischen – ihn aber dabei nicht gänzlich vernichten? Vielleicht liefert er keine Beweise, weil er den Mann mit eurer Hilfe zu einer Selbstanzeige bringen will.“

Streuner spießte eine Peperoni auf und drehte sie, als suche er das richtige Ende für den ersten Biss, dann fuhr er fort: „Es ist doch so: Wenn du in diesem Land jemanden ausraubst, kommst du nicht straffrei davon. Stellst du dich freiwillig, kannst du höchstens auf ein mildes Urteil hoffen – falls dem Richter deine Nase gefällt. Ganz anders, wenn du die Staatskasse plünderst, indem du Steuern hinterziehst. Sagen wir mal, du hast ein paar Millionen Euro Schwarzgeld nach Liechtenstein geschafft. Das ist genauso ein Verbrechen wie Diebstahl. Aber wenn du kalte Füße bekommst und plötzlich befürchten musst, dass du auffliegst, dass irgend so ein Gabriel genug in der Hand hat, um dich anzuzeigen, dann gehst du besser gleich selbst zu Papa Staat, bekennst deine Tat und zahlst die Steuern nebst Zinsen und einem kleinen Sühnegeld nach. Dafür musst du zwar deine Yacht verkaufen, aber sonst ist alles in Butter, ja du bist nicht einmal vorbestraft.“

„Das stimmt“, nickte Marina nachdenklich.

„Es ist ungerecht“, urteilte Tobias.

„Ein Kuhhandel“, entgegnete Jakob, „denn der Staat und damit wir alle kriegen das Geld. Dafür lassen wir den Täter ziehen. Von der Reue eines Ladendiebs hätte die Gesellschaft hingegen nichts. Darum lockt sie diesen auch nicht mit dem Erlass der Strafe in ihren Schoss zurück. Aber es gibt einen Haken: Die Selbstanzeige muss erfolgen, bevor die Steuerfahndung Wind von der Tat bekommt. Sonst ist es zu spät, dann rauscht der Täter direkt in das Strafverfahren, und schlimmstenfalls buchten sie ihn zehn Jahre ein."

Aufgeregt schob Marina den Teller mit der Pizza weg. „Dann kann Kottenbaum vor allem eins nicht riskieren: dass wir die Mails den Behörden überlassen – oder Gabriel ihn anzeigt und eine Untersuchung beginnt. Ob ihm das klar ist? Wir sollten ihn darüber informieren. Hat er tatsächlich Dreck am Stecken, wird er von sich aus Farbe bekennen. Ich wette, er erzählt uns seine Story, wenn wir ihm dafür eine faire Berichterstattung garantieren und obendrein genügend Zeit für eine Selbstanzeige lassen. Und das könnten wir doch tun, oder? Wäre das so schlimm?"

Streuner nickte: „Zumindest schadet ein Gespräch darüber nicht. Mal sehen, wie Kottenbaum reagiert."

Fast hätte Marina dem Anwalt auf die Schulter gehauen, doch stattdessen bekam Tobias einen Stoß in die Rippen, so dass ihm eine Olive von der Gabel sprang: „Na? Jetzt sag auch mal was!"

Tobias war einverstanden. Marina rief den Unternehmer an, erreichte aber nur seine Frau. Mit ihr machte sie für Montagmorgen einen Besuch zum Frühstück aus, um die Reportage noch einmal durchzusprechen. Karin Kottenbaum würde dafür sorgen, dass ihr Mann anwesend sei.

Zu dem Termin wollte Tobias Marina begleiten. Auch Streuner sollte mit dabei sein, um dem Unternehmer – wenn nötig – das mit der Selbstanzeige zu erklären. Dem

Anwalt war das recht. So bliebe wenigstens sein Wochenende frei, und er könne in aller Ruhe trainieren.

„Was denn?", fragte die Journalistin neugierig.

„Schwimmen", entgegnete er, und weil nichts weiter kam, klärte Tobias Marina auf: „Das K in seinem Namen hat er sich selbst zugelegt. Es steht nicht für Kaiser oder Komiker, auch wenn man das manchmal glauben möchte …"

„Vorsicht, mein Freund", drohte Jakob.

„… sondern für Kormoran, den Vogel, der über die Wellen fliegt. So hieß er bei uns schon in der Schule. Heute ist Jakob Rettungsschwimmer. Er schafft 400 Meter in unter fünf Minuten und passt im Sommer auf die Leute auf, die den Main für ein Planschbecken halten."

Marina sah den Anwalt erstaunt an, aber nicht wegen der fünf Minuten. Dann trank sie entschlossen ihr Glas aus und verabschiedete sich, ehe das hier zu gemütlich würde.

*

Clemens Böttger war am Nachmittag völlig von den Socken gewesen, als plötzlich dieser Anwalt vor ihm stand. Allein die Worte „Diana-Therme" und „Taunusbrunn" trieben ihm den Schweiß auf die Stirn. Doch er hatte seine zitternden Hände in den Taschen versteckt und einen auf Alzheimer gemacht, selbst als der Anwalt den Basti erwähnte. Bastian Prust? Kannte er nicht. Nein, völlig unbekannt.

Aber kaum war der Anwalt weg, da schwante ihm schon, dass diese letzte Lüge ein Fehler gewesen war. Akten, die konnte man vernichten. Er war ja gewissermaßen Profi darin, hier im Polizeiarchiv. Aber dass der Basti und er zusammen in die Schule gegangen waren, wusste doch jeder dort in Bad Taunusbrunn.

Wenn der Anwalt das nachprüfte? Wenn diese Lüge herauskam? Dann hatte er sich verdächtig gemacht. Dann würden die anfangen, zu graben und zu graben, und gewiss nicht mehr aufhören, und dann – dann hatten sie ihn! Die Erkenntnis brach so unmittelbar über ihn herein, dass er sich an die Wand lehnen musste und langsam zu Boden sank: Mit dieser letzten Lüge, da hatte er sich sein eigenes Grab geschaufelt.

Als nun die nackte Angst das logische Denken ausknipste, übernahm ein anderer Instinkt die Führung: Flucht. Die Gänge des Amtes überwand er noch in gemäßigtem Schritt – nicht etwa, weil er daran denken konnte, dass alles andere viel zu auffällig wäre. Nein, noch steckte ihm zu viel von der lähmenden Furcht in den Gliedern. Doch bis vor die Tür hatte die Flucht bewiesen, dass sie der stärkste unter all den Instinkten war, und er galoppierte durch die Straßen davon.

Vor dem Bürogebäude kam er völlig außer Atem an. Er klingelte Sturm, und drei Minuten später brach er vor dem Mann mit dem schwarzen Zopf zusammen. Als er nach einer Weile wieder japsen konnte, kamen ihm nur drei Worte in den Sinn: „Ich – bin – aufgeflogen!"

Der andere schaute ihn kühl an und sagte nichts. So versuchte Böttger es noch einmal: „Herr – DeCesto – ich – muss – weg – ich – brauche – Geld."

„Du hast deinen Anteil bekommen", gab der von der Panik völlig unberührt zurück.

„Aber das reicht doch nicht. Ich muss untertauchen, irgendwo neu beginnen. Das kostet doch …", konnte Böttger nur noch – aber immerhin wieder flüssig – flüstern.

„Mag sein. Ist aber nicht mein Problem“, sagte DeCesto gelangweilt.

„Ist es doch“, heulte Böttger nun auf, „das stehe ich nicht noch einmal durch, all diese Lügen. Faktopolis, eine Frau Blau, die war in Taunusbrunn. Die hat den Basti ausgequetscht. Und ich hab gesagt, ich kenn den nicht. Das kriegen die doch raus, dass das gelogen war. Ganz leicht. Und wenn die mich kriegen, dann kriegen die auch Sie, ja sehen Sie das denn nicht?“

„Doch, da hast du wohl recht“, stimmte DeCesto ihm endlich zu. Er ging zu einem Schrank und hantierte mit dem Cognac. Weißes Pulver rieselte in das bauchige Glas, um sich mit dem ersten Schwenk wie eine Todesspirale in die goldbraune Flüssigkeit zu senken. „Trink“, befahl DeCesto, „das befreit.“

Wenige Minuten später lag Böttger auf dem Teppich, und tatsächlich hatte ihm der Schlaf die Sorgenfalten von der Stirn gelöscht. Sanft murmelte DeCesto nun: „Siehst du, ich habe es ja versprochen.“ Dann rief er zwei Typen herein.

Der erste stieß Böttger seinen Fuß in die Rippen: „Tot?“

„Natürlich nicht“, schüttelte DeCesto verächtlich den Kopf, „er kam her, also muss er auch wieder gehen.“ Er schaute sie scharf an und erteilte seine Anweisungen, nach deren Erledigung sie eine Leiche zu vergraben hatten.

„Okay, Chef, ganz schön gerissen“, grinste der eine. Der andere nahm die üblichen 5.000 Euro für außergewöhnliche Nachtarbeit in Empfang.

„Und jetzt zu den Faktopolis-Leuten“, fuhr DeCesto nachdenklich fort.

SAMSTAG

Schlagartig hatte sich das Wetter verschlechtert. Als Marina am Morgen gegen halb neun aus dem Bett stieg, durchfuhr sie ein Frösteln. Sie zog sich schon ihre Joggingkleidung an. Dann machte sie es sich am Frühstückstisch mit einer Tasse Kaffee und der dicken Samstagszeitung bequem.

Eine Diele im Flur knarrte, und unbewusst strich sie sich das Haar hinters Ohr zurück. Da durchbrach ein schrilles Klingeln die Samstagmorgenruhe. Ihr Handy. Marina schlug das Herz bis zum Hals, und sie wusste gar nicht, warum. Cool bleiben! Aber wer rief sie auch so früh an?

Es war, natürlich, Tobias. Er wollte ihr nur sagen, dass er heute wirklich mit Eve zu tun habe. Er käme also zum Schweizer Platz, und das sei nicht vorgeschoben, ganz ehrlich. Er werde mit der Fotografin einen Auftrag besprechen. Also falls Marina sein Auto sehen würde, dann könne sie das einfach ignorieren. Oder vielleicht, wenn sie in der Stimmung sei und Zeit habe, dann käme er noch ganz kurz auf einen Kaffee bei ihr vorbei?

Marina erwiderte, sie wolle gerade joggen gehen. Wie zum Beweis stellte sie die Tasse in die Spüle und zog sich mit einer Hand die Laufschuhe an. Ihr üblicher Samstagmorgenweg führe zum Main, dann Richtung Niederrad und vielleicht noch weiter. Sie nahm den Schlüssel vom Haken, trat vor die Wohnungstür und schloss, noch immer das Handy am Ohr, von außen ab. Wann sie zurück sei, wisse sie noch nicht. Danach müsse sie duschen und so. Nein, heute würde das mit dem Kaffee nichts.

Sie legte auf, steckte sich Schlüssel und Handy in die Reißverschlusstasche und band sich auf der Treppe die Schnürsenkel zu. Dem war sie ja gerade noch entwischt!

*

Das Mainufer hüllte sich in graue Nebelschwaden, unter denen der Fluss nur als dunkles Band zu sehen war. Es roch nach Schlick. Ein schwerer Lastkahn schob sich Marina entgegen mainaufwärts. Nach einigen Kilometern tauchte vor ihr die Halbinsel mit dem Licht- und Luftbad Niederrad auf. Doch heute war keine Menschenseele unterwegs, um dort ein frühes Picknick zu genießen.

Als sie das Ende der Mainfeldstraße mit ihren Ruderclubs erreichte und zu dem alten Speichergebäude kurz vor der Eisenbahnbrücke kam, bemerkte Marina, dass die sonst verschlossene Tür offenstand. Viel Zeit, sich zu wundern, blieb ihr aber nicht.

Direkt vor ihr trat hinter einer Mauer ein Mann mit Maske hervor. Sie prallte ihm in die Arme, die sich stahlhart um ihren Körper schlossen. Ein zweiter kam von hinten hinzu und presste ihr seine Hand auf den Mund, dann flüsterte er ihr mit heiserer Stimme ins Ohr: „Nicht schreien!"

Sie nickte, und alles ging so schnell, dass die Panik sie erst überkam, als die beiden sie in den Speicher gezogen und die knarrende Tür hinter sich geschlossen hatten. Sie ließen sie los, und verzweifelt blickte sich Marina um, aber natürlich gab es keinen Ausweg. Nur eine Stiege nach oben. Bitte nicht, nicht da hoch, schoss es ihr durch den Kopf. Doch als einer der maskierten Männer einen Schritt auf sie zu machte, flüchtete sie die morsche Holztreppe hinauf.

Sie folgten ihr bis ins dritte Geschoss, wo der ohnehin trügerische Fluchtweg in einer Kammer endete, deren einziges Fenster von außen mit Brettern und von innen noch zusätzlich mit einem verrosteten Eisengitter verrammelt war. „Was wollt ihr?", rief Marina, und ein eiskalter Schauer überlief sie von den Haarwurzeln bis in die zitternden Knie.

Der eine trieb sie in die Ecke des Raums, drückte sie an die Wand und tastete sie ab. Er zog den Reißverschluss ihrer Hosentasche auf, griff sich ihr Handy und warf es die Stiege hinab, so dass es unten auf dem Boden zerschellte. Sie wollte ihn wegschieben, doch er lachte bloß grob, presste seine Hand auf ihren Bauch und schob sie dann langsam tiefer, bis sie hinter dem Bund ihrer Jogginghose verschwand.

Entsetzt krallte Marina ihre Fingernägel in seinen Arm, also ließ er kurz von ihr ab, um mit einer Hand ihre beiden Handgelenke zu umfassen und über ihrem Kopf gegen die Wand zu drücken, wobei er ihr unsanft die Brille von der Nase riss.

„Das reicht", mischte sich da der andere Mann mit heiserer Stimme ein. „Lass sie los." Dann sprach er Marina an: „Wenn du dich nicht wehrst, passiert dir nichts."

Als der massige Kerl sich widerwillig zurückzog, ergoss sich die Erleichterung wie eine Flutwelle in Marinas Körper. Doch sie ahnte, dass ihr noch Weiteres bevorstand.

Die beiden fesselten ihr mit einem Strick die Hände. Dann griff ihr derjenige, der der Anführer zu sein schien, in die Haare und zog ihren Kopf brutal zu seinem Mund. Sie spürte seine feuchte Zunge, als er ihr seine Warnung ins Ohr flüsterte: „Wir werden dir die Gelegenheit geben, sehr gut darüber nachzudenken, ob ein Ort namens Taunusbrunn überhaupt existiert. Geh nie wieder dahin und schreibe nichts darüber, sonst wirst du es bereuen."

Seine Hand wühlte sich noch fester in Marinas Haar, und er zerrte sie zu dem eisernen Fenstergitter. Der andere Mann knotete den schon um Marinas Handgelenke gebundenen Strick daran fest. Er strich ihr noch einmal über den Körper, doch dann wandte er sich ab, und auch die Hand an ihrem Kopf löste sich. Ohne ein weiteres Wort traten die beiden den Rückzug an.

Wenig später hörte Marina, wie sie sich unten Zigaretten anzündeten. Dann fiel die Speichertür ächzend zu. Ein Motor startete, und ein Auto fuhr davon.

*

Marina wusste, dass sie in der Falle saß. Keiner würde sie vermissen. Niemand käme, um sie zu befreien. Sie war allein, eingesperrt im Dach des maroden Speichergebäudes, dessen Steinwände quasi schalldicht waren und dessen Innenleben aus Mörtel und morschem Holz bestand.

Ein Hauch Zigarettenrauch kroch zu ihr hoch. Was, wenn die Männer Streichhölzer benutzt und achtlos weggeworfen hatten? Reiß dich zusammen, Marina, du hast auch das Klicken eines Feuerzeugs gehört, hämmerte sie sich mit pochendem Herzen ein. Aber nein, das stimmte gar nicht.

Da war dieses kurze Schleifgeräusch gewesen und dann dieses Zischen, wenn der Schwefel explodiert und die lichte Flamme erst nur den Kopf des Hölzchens verbrennt. Übertrug sie ihr Glimmen auf den Zigarettenstängel, hatte sie ihre Schuldigkeit ja getan. Doch die Flamme war tückisch. Warf man sie in die Ecke, dann stellte sie sich tot. Dann zog sie sich ganz in den kleinen blauen fast unsichtbaren Kreis zurück, der in Wahrheit ihr heißester Punkt war.

Angstvoll sah sich Marina in dem Raum ohne Ausweg um, und ihr Körper erinnerte sich. Das Blaue, das fand seine Nahrung, ein paar Späne nur oder trockenen Mörtel, und dann schickte es seine orange-gelben Kinder aus, die wuchsen und sich zerteilten, damit ein jedes wieder in sich den bösen blauen Kreis gebar. Schon tanzten sie spielerisch züngelnd die Holzstiege hoch. Nicht mehr lange, und sie würde sie riechen können. Und dann spüren, heißer als je zuvor, hier am Fenstergitter, wo ihr armseliges kleines Leben am nicht einmal seidenen Faden hing.

Da endlich begann Marina zu schreien, doch sie hörte sich nicht. Was ihr in den Ohren klang und durch den Kopf in die Seele fuhr, waren die Schreie der Frau in Hamburg, die an ihrem Arbeitsplatz, ihrem Zufluchtsort vor der ohnehin feindlichen Welt, von dem wütenden Feuer eingeschlossen worden war. Die nackte Angst traf sie mit voller Wucht, und als der Feuerbalken auf ihren Arm fiel, da fühlte sie die Verletzung, und dann war sie nichts als ein einziger Schrei.

Marina kam davon zu sich, dass ihr Körper auf den Boden prallte. Für einen Moment rührte sie sich nicht, alles war so still. Dann schlug sie die Augen auf und sah über sich ein abgerissenes Seilende hängen. Erstaunt blickte sie auf ihre Hände. Die Schnur hatte sich tief in ihre Haut geschürft, aber in ihrer aus der Erinnerung gespeisten Kopflosigkeit hatte sie die Kraft aufgebracht, sie am Mauervorsprung reibend zu zerfetzen. Sie war frei.

Die Zeit, noch die Fesseln zu lösen, nahm sie sich nicht. Sie griff mit beiden Händen nach ihrer Brille. Halb lief, halb rutschte sie die Stiegen hinunter, und da der Brandgeruch sie noch ganz erfüllte, traute sie ihren Sinnen nicht, weil sie kein Feuer sah.

Unten, kurz vor dem Ausgang, brach sie zusammen. Das Feuer beherrschte sie also noch immer. Sie fühlte wieder den Schmerz, und sie krümmte sich auf dem harten Steinboden. Erst eine halbe Stunde später rappelte Marina sich hoch. Nicht aufgeben, spach sie sich Mut zu, denn sie wusste doch, wie es weiterging: Komm schon, steh auf und friere diese nutzlosen Gefühle wieder ein. Also wischte sie sich mit dem Ärmel durchs Gesicht, sammelte die Reste ihres Handys vom Boden, stemmte die Tür auf und ging Richtung Stadt zurück, bis sie zu einer stark befahrenen Straße kam. Dort hielt sie ein Taxi an und ließ sich nach Hause fahren.

*

Marina hatte kein Geld dabei, und der aus Berufsgründen notorisch misstrauische Taxifahrer wollte sie nicht aussteigen lassen, um welches aus ihrer Wohnung zu holen. So nannte sie ihm die Telefonnummer von Eve. Kurz darauf kam ihre Nachbarin, um sie auszulösen.

„Was ist passiert? Bist du gestürzt?“, fragte Eve, die sie in ihre Wohnung begleitete. „Setz dich, ich koche dir erst mal einen Kaffee.“

Es klopfte. Tobias, der noch bei Eve gesessen hatte, steckte seinen Kopf durch die Tür. Unsicher, ob er willkommen war, nahm er der Fotografin das Kaffeepulver aus der Hand und machte sich wortlos nützlich.

Eve setzte sich zu Marina: „Hast du dich verletzt?“ Die blickte auf ihre Handgelenke und sagte: „Nein.“

Tobias sagte noch immer nichts.

„Und was ist das?“, wies Eve auf die Schürfwunden. „Ein Tattoo?“

Marina schnitt ihr eine Grimasse, doch Tobias konnte sich nicht länger zurückhalten: „Schluss damit, jetzt raus mit der Sprache! Was ist passiert?"

Und so erzählte Marina, was vorgefallen war. Die körperliche Belästigung ließ sie aus. Auch was nach dem Abgang der Kerle wegen ihres Feuertraumas mit ihr passiert war, ging Eve und Tobias nichts an. Dafür wurde ihr jetzt erst bewusst, dass sie sich mit deren eigentlicher Drohung noch gar nicht beschäftigt hatte.

„Meine Güte", rief Tobias erschüttert, „ich hatte ja gleich so eine Ahnung, dass diese Kottenbaum-Sache zu gefährlich wird."

„Es ist nicht deine Schuld", sagte Marina kühl, „und außerdem weiß Kottenbaum doch gar nicht, dass ich in Bad Taunusbrunn war."

„Wer sonst hat dir die Kerle auf den Hals gehetzt?", fragte Tobias.

„Glaub mir, ich bin die Erste, die das wissen will", gab Marina zurück.

„Du solltest zur Polizei gehen", warf Eve ein.

Doch Marina winkte ab: „Ach ja, und was sage ich? Dass sie nach zwei maskierten Männern suchen sollen, von denen einer eine heisere Stimme hat?"

Tobias wagte sich vor: „Und was willst du jetzt unternehmen?"

„Gar nichts, ich brauche nur ein heißes Bad", wischte Marina alle anderen Möglichkeiten vom Tisch, „und am Montag machen wir weiter wie geplant. Warten wir ab, was Kottenbaum sagt, dann kann ich immer noch zur Polizei gehen."

„Aber diese Kerle, wenn die hierherkommen?", fragte Tobias und wurde bei dem Gedanken ganz blass.

„Warum sollten sie?“, meinte Marina, „Ich halte mich ja fürs Erste an ihre Anweisung.“

„Fürs Erste?“, rief Tobias entsetzt, und dann sagte er bestimmt: „Gut, aber weißt du was? Dann bleibe ich hier?“

Wieder diese Frage, die keine war. Warum hörte er nicht auf, sie zu bedrängen? Marina sah ihn feindselig an: „Nein danke, Tobias, ich komme allein zurecht.“ Als der Kaffee getrunken und Marina wieder sicher auf den Beinen war, ihr auch die Hände nicht mehr zitterten, da bat sie die beiden zu gehen. Ihre Badewanne wartete …

In Wirklichkeit entspannte das heiße Wasser sie aber nicht. Sie musste aus Kottenbaum herausbekommen, was in Bad Taunusbrunn passiert war. Nur so würde sie erfahren, wer sie heute überfallen hatte. Die sollten sie nicht ungestraft verletzt haben.

Und während ihr schon wieder die Tränen aus den Augen liefen, schlug sie mit geballten Fäusten auf das Wasser ein: Falsch gedacht, Freundchen, wer immer du bist, so kriegst du Marina Blau nicht klein! Jetzt hatte sie auch noch ein ganz persönliches Interesse daran, die Affäre um die Diana-Therme aufzuklären.

*

Tobias packte seine Sachen bei Eve zusammen. Die Fotoserie war fertig besprochen. In ihm kämpfte der verletzte Stolz mit der Sorge um diese eigensinnige und unerreichbare Frau. „Kannst du das verstehen? Diese Unvernunft?“, fragte er Eve und war selbst erstaunt, wie belegt seine Stimme klang. Sie legte ihm die Hand auf den Arm: „Mach dir nichts daraus. Du kennst sie doch, sie wird sich schon wieder beruhigen.“

Doch er hatte genau gespürt, wie getroffen Marina war, diese Angst, diese Wut. Ihm konnte sie nichts vormachen. Und selbst, wenn es jetzt ginge, wie würde es heute Nacht für sie werden, wenn die Schatten kämen, wenn jede knarrende Diele sie zusammenzucken ließe, so dass an Schlaf nicht zu denken und das Wachsein schlimmer als jeder Albtraum wäre?

Da besiegte die Sorge den Stolz, und Tobias wusste, er konnte Marina in ihrer Erdgeschosswohnung nicht allein lassen. „Wenn die denkt, sie kommt damit durch, hat sie sich geschnitten", sagte er zu Eve und machte sich entschlossen auf den Weg.

*

Als Leonhard Kottenbaum wie vereinbart am späten Samstagnachmittag in der Firma eintraf, fand er Jan Liebermann in seinem eigenen Chefbüro vor. „Leo, das musst du dir ansehen", leitete der Prokurist sein Anliegen ein. Er wies auf den PC, und dann sagte er den Satz, der für jeden Geschäftsführer wie das Läuten von Sturmglocken klingt: „Wir haben ein Liquiditätsproblem."

Der Unternehmer begann sofort, den aktuellen Liquiditätsplan auf dem Bildschirm zu studieren. Es floss weniger Geld als geplant auf die Firmenkonten. Würde es zu wenig, um die laufenden Gehälter und Ausgaben zu decken, drohte selbst einem Unternehmen mit vollen Auftragsbüchern die Pleite. Das Problem hing mit einem Kunden zusammen, soviel wurde ihm schnell klar: „Das Tagungshotel in Chemnitz hat den Abschlag nicht gezahlt."

„350.000 Euro, die fehlen", nickte der Prokurist, „aber das ist nicht alles …"

„Moment bitte", wehrte Kottenbaum ab. Er öffnete eine Klappe in der dunklen Schrankwand, schob den Kunden-Cognac zur Seite und schenkte sich einen Kirschlikör ein. „Auch einen?", hielt er Liebermann die Flasche hin, doch der schüttelte den Kopf.

Kottenbaum nahm einen großen Schluck und schloss für ein paar Sekunden die Augen. Das war einer der Momente, in dem er sich wünschte, er wäre ein Angestellter geblieben. Einer, der stets pünktlich sein Büro verließ und jeden Tag dieselbe Runde mit dem Hund lief. Einer, der nicht mal wusste, dass auch sein Arbeitsplatz nur sicher war, solange sich andere dafür aufrieben. Und natürlich einer, der es für gerecht hielt, Managergehälter zu begrenzen und für hart erarbeitetes Einkommen noch die Steuern zu erhöhen. Was wäre ihm erspart geblieben, hätte er das Leben eines solchen Ahnungslosen geführt.

„Alles klar, Leo?", riss sein Prokurist ihn aus den trüben Gedanken.

Er nahm sich zusammen: „Fahre fort."

„Die 350.000 Euro aus Chemnitz kannst du abschreiben, die stehen kurz vor der Insolvenz. Weil wir unsere Leistung erbracht haben, mussten wir darauf aber schon die Umsatzsteuer abführen. Das heißt: 19 Prozent, also 66.500 Euro, hat der Fiskus auf unsere Kosten eingestrichen."

„Erstattet wird die Umsatzsteuer frühestens nach einem halben Jahr Zahlungsrückstand", nickte Kottenbaum. Er ging wieder zum Schrank und spülte mit noch einem Kirschlikör nach.

Da holte Liebermann zum letzten Schlag aus: „Bleibt noch der kommunale Auftrag für den Ausbau des Kulturzentrums: 275.000 Euro, und das Zahlungsziel betrug immerhin 30 Tage. Ich habe gestern nachgefragt, warum die sich schon zwei Monate Zeit lassen."

„Und da wurdest du ausgelacht", fiel ihm Kottenbaum ins Wort. „Andere Unternehmen warten gewiss schon länger, und wir sollen uns schön hinten anstellen."

„Der Fiskus, die Kommune und ein Drecksunternehmen schulden uns also rund 700.000 Euro", rechnete der Prokurist den Schaden zusammen, „und das deckt unsere Kreditlinie nicht ab. Unser Kontokorrent ist ausgeschöpft. Mindestens 500.000 Euro brauchen wir in diesem Monat zusätzlich."

„Das heißt also, wir fragen unsere Bank nach einer Zwischenfinanzierung. Was denkst du, spielen die mit?", warf Kottenbaum die entscheidende Frage in den Raum.

Liebermann überlegte: „Wir müssen die von unseren Erfolgsaussichten überzeugen – davon, wie wir unser Problem dauerhaft überwinden."

„Was schlägst du vor?", fragte Kottenbaum.

Liebermann ließ sich mit seiner Antwort Zeit, dann sagte er gedehnt: „Wir sollten bei dem Geschäft mitmachen, das DeCesto uns am Dienstag vorgeschlagen hat. Er sorgt dafür, dass wir bei dieser neuen Ausschreibung den Zuschlag bekommen. Dass unsere Chancen prächtig stehen, kann ich der Bank schon verkaufen ... Ja, das würde funktionieren."

Erwartungsvoll sah Liebermann seinen Boss an, und so traf ihn dessen Zorn ganz unvermittelt: „Glaubst du wirklich, die Machenschaften dieses Pferdeschwanzmannes sind die Lösung? Nein! Und welche Aufträge für mein Unternehmen geeignet sind, entscheide immer noch ich." „Ist schon klar, aber ...", setzte Liebermann noch einmal an, doch Kottenbaum winkte wütend ab: „Bei der Bank führen wir die Parfümeriemarkt-Kette an. Mit der sind wir ja schon im Geschäft. Um DeCesto kümmere ich mich selbst. Mach du den Banktermin, dann werden wir weitersehen."

Halb enttäuscht und halb beleidigt zog Liebermann ab, während Kottenbaum sich noch einen dritten Kirschlikör einschenkte, aber das war in einer Woche wie dieser nun auch schon egal.

*

Tobias musste sich beeilen, also überfuhr er die Ampel bei Dunkelgelb, haute er den vierten Gang ins Getriebe und gab Gas. So kam er noch vor dem Trainingsende im Hallenbad an, setzte sich auf die kleine Tribüne und sah zu, wie sein bester und ältester Freund noch ein paar Abschlussbahnen durch das Becken pflügte.

Ein paar Minuten später ließ sich Jakob erschöpft auf den Sitz neben Tobias fallen und griff nach seinem Handtuch. Sein Brustkorb hob und senkte sich noch im schnelleren Rhythmus der Anstrengung. Er stellte einen Fuß auf den Sitz vor ihm, lehnte sich zurück und stieß zwischen zwei tiefen Atemzügen aus: „Was machst du denn hier?"

Tobias erzählte, was Marina passiert war. „Ich kann sie damit nicht allein lassen", schloss er seinen Bericht, „aber da sie mich momentan zu anhänglich findet, da dachte ich, ich frage dich? Du könntest bis Montag ein Auge auf sie haben."

Jakob sah seinen Freund zweifelnd an: „Und wie stellst du dir das vor?"

„Du packst einfach ein paar Sachen und nistest dich bei ihr ein. Sie hat ein schönes Sofa. Spätestens heute Nacht, da bin ich mir sicher, wird sie für einen Mann im Haus ganz schön dankbar sein."

„Gibt es keinen besseren Kandidaten für diesen Job?", entgegnete Jakob abwehrend. „Mich mag sie ja nicht besonders."

Muss auch nicht sein, dachte Tobias bei sich. „Hardy ist in Berlin, sonst würde ich den fragen. Komm schon, nur zwei Nächte, tue es für mich."

Jakob ließ die Schultern kreisen, dann brummte er unwirsch: „Ich gehe duschen."

Das war zumindest kein Nein. Tobias rief Marina an und stellte sie glatt vor die Wahl: Entweder sie ließ zu, dass Jakob bis Montag bei ihr einzog, oder Tobias würde die Kottenbaum-Sache noch heute beenden und ihre Reportage begraben. In dem Moment war es ihm egal, ob sie ihn nun erst recht hasste. Wenn sich die ganze Aufregung gelegt hatte, würde sie ihm gewiss dankbar sein.

Also standen Tobias Weidenritter und Jakob K. Streuner am späten Nachmittag vor dem Haus am Schweizer Platz. Tobias ignorierte den noch immer gequälten Blick seines Freundes, und er ließ auch Marina keine Zeit für einen letzten Abwehrversuch. „Hier sind wir", sprach der Chefredakteur, „aber keine Angst, ich bin schon wieder weg!" Und noch ehe die beiden etwas sagen konnten, ergänzte er streng: „Und übrigens, Frau Blau und Herr Streuner, mit dem albernen Siezen könnt ihr jetzt wohl mal aufhören."

*

Marina schaute Tobias hinterher, der ohne sich noch einmal umzudrehen in Richtung seines im Halteverbot abgestellten Autos verschwand. Dann fasste sie Jakob ins Auge, der mit einem Rucksack über der Schulter noch immer vor der Türschwelle stand.

„Ich bin also Marina“, sagte sie zögernd zu ihm, „und wenn schon das Siezen albern war, sparen wir uns wenigstens die Verbrüderungsküsschen, okay?“

Jakob hob abwehrend die Hände: „Ich habe die Anweisung, einfach nur anwesend sein. Die Lizenz zum Küssen hat Tobias nicht rausgerückt.“ Der Gedanke brachte ihn dann doch zum Grinsen, und er streckte Marina die Hand hin: „Jakob also, und machen wir das Beste daraus.“

Marina schlug ein. „Es hat ja auch sein Gutes“, gab sie zu, „so kann ich zumindest für ein paar Stunden sicher sein, dass dieser despotische Weidenritter von weiteren Fürsorgeattacken absieht.“

Sie zeigte Jakob die Wohnung und bedeutete ihm, es sich bequem zu machen. Er sei zum Abendessen eingeladen, es reiche ohnehin für zwei. Und so wurde Jakob, der sich auf dem Sofa mit Blick in die kleine Küche niedergelassen hatte und so tat, als würde er in einer Fachzeitschrift lesen, schnell bewusst, dass das Kochen für Marina kein an der Volkshochschule erlerntes Hobby war, das sie gepflegt bei einem guten Glas Wein zelebrierte.

Oh nein, die Frau dort am Herd riss rote Paprika in Stücke und brach einem Pfund grüner Bohnen das Genick. Auf einem rohen Holzbrett zerhackte sie harte Möhren. Dann schnitt sie Tomaten den Bauch auf und weidete sie aus. Sie machte Hackfleisch aus einem zarten Stück Lamm, zerquetschte den Knoblauch und hieb mit dem Messer auf die Zwiebeln ein, bis ihr die Tränen nur so übers Gesicht liefen. Die wischte sie sich grob mit dem langen Ärmel ihres weißen Shirts ab, dann holte sie sich ein Bier aus dem Kühlschrank und nahm einen kräftigen Schluck.

Dabei erinnerte sie sich wohl an Jakob. „Willst du auch eins?“, fragte sie.

Ihr Gesicht war fleckig und das Shirt schwer gezeichnet von roten Spritzern aus Tomatenblut. Das schien ihr aber nicht das Geringste auszumachen – so etwas hatte Jakob noch bei keiner Frau erlebt. „Ein Bier nehme ich gern“, sagte er laut und stand auf, „kann ich helfen?“ Sie schüttelte den Kopf. Er könne aber den Tisch draußen decken.

Jakob trat in den kleinen Hof, der zu Marinas Erdgeschosswohnung gehörte. Das Wetter hatte sich wieder gefangen. Die umstehenden Häuser schirmten den Hof von direkter Sonne ab. Einzig eine Ecke lag im vollen Schein, und genau dort hatte Marina ein paar Kräutertöpfe aufgestellt. Es duftete nach Thymian, Salbei und Oregano.

Jakob hörte Marinas Schritte hinter sich, und er sog den Geruch von in Olivenöl angebratenem Knoblauch in sich auf, der ihre Gestalt wie eine Wolke umhüllte. Lecker – ging es ihm durch den Sinn, und er spürte plötzlich, wie groß sein Hunger war.

Dennoch hielt er sich zurück. Das Essen würde fertig sein, wenn Marina wieder einigermaßen mit sich selbst im Reinen war – das hatte er längst verstanden. Tatsächlich war ihm solches Handeln nicht fremd. Wenn er aufgewühlt war, ging er schwimmen, bis ihn Erschöpfung aus dem Becken trieb und er den Boden unter den Füßen wiederfand.

*

Mit drei Gläschen Kirschlikör im Blut, das wusste Leonhard, durfte er eigentlich nicht mehr fahren. Doch die schlechten Nachrichten hatten ihm zugesetzt, und so murmelte er ein zorniges „Ihr könnt mich mal alle!“, verließ die Firma und setzte sich ans Steuer seines Geländewagens.

Drei Minuten später parkte er in der Höchster Altstadt und setzte mit der Fußgängerfähre aufs linke Mainufer über. Dort, an den Liegeplätzen vor dem Schwanheimer Unterfeld, ankerte seit ein paar Tagen seine Yacht.

Eigentlich erwartete Karin ihn zu Hause in Bad Homburg. Am Abend kamen ein paar wichtige Leute aus der Baubranche zum Essen, darunter mögliche Auftraggeber. So kraftlos, wie Leonhard sich fühlte, konnte er seiner Frau und den Gästen aber nicht entgegentreten. Er brauchte noch etwas Zeit, um wieder den Erfolgsunternehmer zu geben, der ja zweifellos trotz aller momentanen Schwierigkeiten in ihm steckte.

Die Yacht, die den größten Teil des Sommers in einem Sportboothafen mainaufwärts lag, zeugte davon. Sie war sein ganzer Stolz, so erhaben und schön, dass er dem Kauf nicht hatte widerstehen können, damals, Ende der neunziger Jahre, als die ostdeutschen Großbaustellen Geld in die Kassen spülten. Da bekam Karin ihr Haus in Bad Homburg, und er hatte sich diese grundsolide Yacht gegönnt.

Es war eine Linssen Grand Sturdy, und wer sich nur ein wenig auskannte, dem ging schon beim Klang dieses Namens das Herz auf. Da lag sie in der Nachmittagssonne, knapp 13 Meter lang. Schwarz glänzte der Rumpf, den ein goldfarbenes Tau knapp unter der Deckkante umfasste, und darüber erhob sich der cremeweiße Aufbau.

Leonhard ging an Bord. Die Stufen hallten angenehm vertraut, und er atmete den Geruch des geölten Holzes ein. Er ließ sich an Deck in einem Liegestuhl nieder, blinzelte in die Sonne und begann, sich vorsichtig zu entspannen. Schon schwappten ihm mit jeder kleinen Welle die Gedanken durch den Kopf – erst Splitter nur, dann die ganze Geschichte, die ihn ohnehin Tag und Nacht begleitete, wenn er nicht gerade zu beschäftigt zum Nachdenken war.

Wenn er doch nur die Folgeaufträge dieser Parfümeriemarkt-Kette an Land ziehen könnte. Das würde Umsatz bringen – Umsatz, den sie dringend brauchten, um diese Flaute zu überwinden, in der seine Firma dahindümpelte. Die Neunziger waren auch hart gewesen, ohne Frage. Aber der Umsatz und der Gewinn, die hatten noch gestimmt.

Und natürlich explodierten mit dem Firmenwachstum die Kosten. Gute Mitarbeiter, die fand man nicht auf der Straße, die hatte er ausgebildet und immer anständig bezahlt. Die konnte er doch nicht entlassen, als die Aufträge ausblieben. Er brauchte sie ja, wenn es bald wieder aufwärtsging.

Und das neue Firmengebäude, das sich heute auf dem Grundstück der Tischlerei befand, das hatte mehr als die geplante Million verschlungen. Abgezahlt war noch so gut wie nichts. Die Kreditsumme entsprach in etwa dem Wert der Bad Homburger Villa. Mit Grundstück.

Und natürlich kannte sein Prokurist die Lage so genau wie sonst nur noch der Steuerberater und die Finanzbeamten, vor denen er sich zwangsläufig mit jedem Jahresabschluss auszog. Karin hatte er die bittere Wahrheit erspart. Die lag ihm so schon genug in den Ohren mit ihren ständigen Sorgen um ihn.

Und Jan Liebermann wusste auch, dass die Mittel fehlten, um bei Reginald DeCestos neuestem Geschäft einzusteigen. Eine Konzerthalle, gut und schön. Doch selbst, wenn er es gewollt hätte: Die fünf Prozent der Auftragssumme, die der Pferdeschwanzmann traditionell für die Vermittlung des Zuschlags bei einer Ausschreibung verlangte, die könnte er momentan gar nicht aufbringen.

Selbst die Yacht war ja schon beliehen. Und das war das Schwerste gewesen, wozu ihn die schwierige Lage vor noch nicht ganz einem Jahr getrieben hatte.

Dennoch, er würde nicht zu Kreuze kriechen. Wie könnte er dem kleinen bösen Mann mit dem Zopf gestehen, dass ihm das Wasser schon wieder bis zum Halse stand? Das hatte er einmal getan, nach dem Verlust der Diana-Therme, und wie schwer trug er noch heute an den Folgen. Es gab keine Entschuldigung dafür, wie weit er damals gegangen war, um seinen Betrieb vor dem Ruin zu retten. Und das wusste nur Reginald. Sonst niemand, nicht einmal Jan.

Doch er konnte die Uhr nicht zurückdrehen, ja nicht einmal wieder steuerehrlich werden. Würde er sich selbst anzeigen, müsste er die Steuernachzahlung sofort leisten, was ihm gänzlich unmöglich war. Aber was noch viel schwerer wog: Es käme auch das ans Licht, wofür es keine Vergebung gab.

Er musste das jetzt also durchstehen, und zwar ohne DeCestos Hilfe. Keine Krise hielt ewig an. Und Jan, der würde es schon sehen: Die Bank würde nicht wagen, ihm den Geldhahn zuzudrehen. Da hingen Arbeitsplätze dran. Auch die Faktopolis-Leute verhielten sich still. Also hatte der anonyme „Retter“ sein Pulver längst verschossen.

Oder verdiente er so viel Glück etwa nicht? Verdammt, er hatte es doch nicht mit Absicht getan. Er war doch auch nur ein Opfer des ganzen korrupten Systems.

Leonhard richtete sich in dem Liegestuhl auf und schützte seine Augen mit einer Hand vor den Strahlen der untergehenden Sonne. Die Schatten von Bad Taunusbrunn durften ihn nicht einholen – nicht jetzt, wo sich alles noch zum Guten wenden konnte. Es war seine gottverdammte Pflicht, den Betrieb wieder flott zu bekommen. Mit den Aufträgen der Parfümeriemarkt-Kette würde er DeCesto auszahlen – und dann mitsamt seinen unsauberen Geschäften zum Teufel jagen. Und dann, dann wäre er wieder frei.

Und das, wozu ihn das System gezwungen hatte, wäre nicht umsonst geschehen. Alle würden am Ende sehen, dass er recht behielt. Dass es möglich war, dem ganzen Klüngel mit ehrlicher Wertarbeit zu trotzen. Dass es richtig gewesen war, auf den Trockenbau zu setzen statt in der verstaubten Tradition seiner Väter zu erstarren. Goldrichtig.

Leonhard seufzte. Der Schatten hatte sich über das Ufer gelegt – so, wie sich die Depression immer wieder seiner Seele bemächtigte. Wie unvollkommen der Mensch doch war. Nichts an ihm war auch nur annähernd so perfekt, so durchdacht, mit so viel Liebe gestaltet wie jedes noch so kleine Detail seiner Linssen-Yacht. Der Schöpfer konnte es ja nicht mal mit einem Bootsbauer aufnehmen. Und an den sollte er glauben? Ha, diesen Gott, den gab es gar nicht! Keine Vergebung, keine Erlösung. Es blieb ihm nur seine Ehre als Unternehmer, und die würde er nicht auch noch verlieren. Bis nach Bad Homburg waren es gut zwanzig Kilometer. Um sieben konnte er zu Hause sein. Die Gäste kamen um acht.

Und dann würde er seinen Mann stehen, wie es seine Frau von ihm und allen voran er selbst von sich erwarten durfte.

*

Es war Abend geworden, bis Marina die misshandelten Zutaten in einen saftigen Lammhackbraten mit Kräuterkruste verwandelt und sich selbst so weit verausgabt hatte, dass sie ihre Lage wieder sachlich betrachten konnte. Was war schon passiert? Jemand hatte sie daran erinnert, dass sie auf der Hut sein musste – vor der feindlichen Welt und auch vor sich selbst. So wechselte sie das fleckige Shirt, wusch sich das Gesicht und strich sich das Haar aus der Stirn.

Erstaunlich, Jakob hatte sie völlig in Ruhe gelassen in den zwei, drei Stunden, die er jetzt im Haus war, hatte weder den oberschlauen Anwalt gespielt noch den machostarken Beschützer. Doch wenn sie jetzt zusammen aßen, würde sie sich wieder wappnen müssen gegen seine Angriffslust. Anstrengend … Wie gern hätte sie jetzt einfach nur schweigend in ihrem Hof gesessen und eine Flasche Wein geleert. Diese Suppe hatte Tobias ihr eingebrockt. Das würde sie ihm so schnell nicht vergessen.

Jakob saß schon am Tisch und fackelte nicht lange: „Das riecht so gut, ich greife mal zu." Marina aß wenig, sprach aber dafür dem Rotwein umso mehr zu. Und dann saßen sie dort im Hof, schauten sich kurz an und gleich wieder weg, drehten sich mit dem Rücken gegen die noch tagwarme Mauerwand, streckten die Beine aus. Sie genossen die laue Luft, durch die der Kräuterduft zog, und als die ersten Sterne aufgingen, da hatten sie kaum mehr als drei Sätze gesprochen, ohne dass es ihnen auch nur aufgefallen war.

Erst als es richtig kalt wurde, brach Marina den merkwürdigen Bann: „Ich geh rein. Hast du alles, was du brauchst?“ Jakob nickte. Wenig später warf sich Marina in ihr Bett und fiel binnen Sekunden in den Schlaf.

Doch Jakob, der sonst wie ein Murmeltier schlief, kämpfte mit der Decke. Er drehte sich von links nach rechts und fluchte auf das Sofa, obwohl es als Bett recht bequem war. Weit nach Mitternacht kam er endlich zur Ruhe.

Die Atempause währte nicht lang. Er erwachte von einem Schrei, öffnete die Tür zu Marinas Zimmer und sah in dem spärlichen Licht, wie unruhig sie träumte. Er setzte sich zu ihr, sprach sie an, und als sie zu sich kam, haftete sein Blick noch immer auf der Narbe, die unter dem hochgerutschten Ärmel ihres Hemdes feuerrot leuchtete.

Marina setzte sich abrupt auf und zog den Stoff herunter, aber sprechen konnte sie noch nicht.

„Du musst mir nichts erklären“, sagte Jakob vorsichtig und bemühte sich, ihr nicht mehr auf den Arm zu schauen, sondern nur noch in die tiefblauen Augen. Eine halbe Ewigkeit später fuhr er sich mit der Hand übers Gesicht, um seinen Blick zu lösen. Dann stand er auf.

„Schlaf weiter, Marina, es ist nichts passiert.“ Mit dieser Untertreibung des Jahrhunderts auf den Lippen zog er sich auf sein Sofa zurück, um den Rest der Nacht mit sich selbst zu streiten, ob er nun anständig war oder einfach nur dämlich.

SONNTAG

Als Marina am nächsten Morgen erwachte, hatte sie Mühe, sich zurechtzufinden. Albtraum oder Wirklichkeit, was war gestern passiert? Und was heute Nacht? Das Verlangen nach einem Kaffee trieb sie in die Küche. Jakob schlief in ihre blaue Decke verwickelt auf dem Sofa. Selbst das Zischen und Brodeln der Maschine störte ihn nicht.

Schöner Wachhund, dachte Marina bei sich und stellte ihm einen gefüllten Kaffeebecher vor die Nase. Er lag auf der Seite, ihr zugewandt. Ein kantiges Knie ragte unter dem blauen Stoff hervor. Unwillkürlich kam ihr Tobias in den Sinn. Der war auch attraktiv, mit braunen Locken und diesen weichen, dunkelbraunen Augen. Doch Jakob war anders. Er hatte sie nicht bedrängt, nichts gefordert, keine Fragen gestellt, und irgendwie war sie inzwischen ein kleines bisschen froh, dass er hier war.

Sie ging ins Schlafzimmer, um sich umzuziehen. Als sie zurück ins Wohnzimmer trat, war Jakob wach. Er umfasste den Kaffeebecher mit beiden Händen und nahm einen großen Schluck. „Ich werde dich schon heute in Ruhe lassen, Marina“, sagte er dann in dem rauen Ton der ersten Worte nach dem Schlaf, „in zehn Minuten bist du mich los. Es war nicht okay, dass ich hier einfach so eingedrungen bin.“

Marina nickte, sagte aber nichts. Er trank seinen Kaffee aus, pellte sich aus der Decke und ging ins Bad. Da zog sie sich entschlossen ihre Jogging-Schuhe an und verließ ihre Wohnung.

*

Der letzte Abend war ein voller Erfolg gewesen. Karin durfte stolz auf sich sein. Sie hatte Westerland-Rosen aus ihrem eigenen Garten als Tischdekoration gewählt. Das Essen vom Feinkost-Caterer war ein Gedicht gewesen. Die französischen Weine hatten die Zungen gelockert. Und als die Gesellschaft beim Cognac angekommen war, da hatte sich selbst Leonhard entspannt und lockere Konversation gepflegt.

Karin seufzte und erhob sich von der Kirchenbank. Pater Thomas hatte seine Sonntagspredigt beendet. Claus und Leonhard rechts und links neben Karin überragten sie um mehr als einen Kopf. Doch Karin wusste, dass sie über die beiden zu wachen hatte. Mein Gott, und wenn der Haussegen mal schief hing, das kam doch in den besten Familien vor, das würde sie so unauffällig wie nachhaltig wieder einrenken.

Zu Hause beschloss sie, sich erst einmal umzuziehen. Sie ging in ihr Schlafzimmer und stieß einen Seufzer aus. Nadja hatte die Betten gemacht und schon wieder vergessen, die Seidenkissen auf der altrosafarbenen Tagesdecke zu arrangieren. Also tat sie das selbst. Schon besser.

Dann setzte sie sich an ihre Frisierkommode und frischte ihr Make-up auf. Etwas Rouge zauberte einem die Lebensfreude ins Gesicht. Vielleicht half es gar gegen den Trübsinn ihres Mannes? Sie ließ die Hand mit der Quaste sinken. Hatte sie Leonhard überhaupt schon einmal fröhlich und unbeschwert erlebt? Seit sie ihn kannte, bestand sein Tag nur aus Arbeit, und er war nun mal der Typ, der das nicht auf die leichte Schulter nahm.

Dennoch, sie konnte sich nicht beklagen. Leonhard ließ ihr im Haus freie Hand, und vergangenes Jahr, da waren sie sogar nach Venedig gefahren. Für ein Wochenende nur, aber immerhin, der Markusdom war überwältigend und die Stadt so romantisch.

Sie hatten sogar wieder Sex gehabt, also richtigen Sex, nicht diesen pflichtbewussten Beischlaf. Etwas ungeschickt zwar, aber doch von der wilderen Art, so Sachen, Jesus, die hatten sie sich nicht mal als junge Leute getraut.

Zurück in Bad Homburg war das nicht wieder vorkommen, sie wusste auch nicht, warum. Da blickte sie auf das rosafarbene Bett und dachte bei sich, sie sollte die Kissen tauschen. Vielleicht musste alles weicher sein, irgendwie … orientalisch?

Karin wandte sich wieder ihrem Spiegelbild zu und tupfte noch etwas Rot auf ihre Lippen. Leonhard brauchte sie, dessen war sie sich sicher. Wer sonst würde ihn aus seinen Depressionen holen? Und im Grunde hatte er doch fürs Leben genug geschuftet. Er musste Abstand gewinnen vom Betrieb. Hatte man ja in Venedig gesehen, wohin das führen konnte, dachte sie beschwingt und wurde dabei ein bisschen rot.

*

Was in Bad Taunusbrunn zu tun war, musste er persönlich anstoßen. Er ließ sich von Daniel fahren, diesem hübschen Jungen mit den engelsgleichen Locken, der seit etwa einem Jahr sein Mädchen für alles war.

Reginald DeCesto betrachtete seinen Chauffeur von der Seite. Reine Jugend, sweet nineteen, ach wüsste man doch nicht, wie vergänglich sie war. Fortuna würde auch bei Daniel keine Ausnahme machen, die Weichheit aus seinen

Zügen prügeln und den hellen Glanz seiner himmelblauen Augen mit grauer Furcht verschleiern. Doch bis dahin blieben ihnen noch ein paar Jahre Zeit.

Daniel fuhr den schwarzen Mercedes konzentriert, den Verkehr fest im Blick. Die Straße grub sich durch das Schiefergestein des Taunus und zog mit ihren Kurven und Kehren ganze Horden von Motorradfahrern an. Die schlängelten sich halsbrecherisch an den Autos vorbei. In schwarzen Lederklamotten und mit schweren Helmen vermummt glaubten sie wohl, dem Sensenmann ein Schnippchen zu schlagen. Doch der lachte nur. Um seine Quote zu erfüllen, brauchte er seine Opfer nicht zu erkennen, die suchte er sich mit tödlicher Willkür aus.

Doch Reginald wusste, wie wichtig solche Tagestouristen aus dem Rhein-Main-Gebiet gerade für den Hintertaunus waren, auch wenn die Region zum reichsten Landkreis Deutschlands gehörte. Inzwischen waren selbst hier die Gemeinden verschuldet, denn es fehlten ihnen die steuerzahlenden Gewerbetreibenden. Streuobstwiesen, Flügelginster und Waldhyazinthen – die allein waren im Kampf um gutbetuchte Dauerferiengäste und die Ansiedlung von Tourismusbetrieben eben keinen Pfifferling wert.

Und so hätte Reginald seine Zeit niemals auf ein Projekt in dieser Gegend verschwendet, wäre nicht der Taunusbrunner Bürgermeister Karl-Michael Maulbach auf die Idee gekommen, den Flegel auszupacken und jenes Schlagwort zu dreschen, das andernorts längst ein Millionengeschäft bezeichnete: Wellness.

Als beachtliches Kapital wies Bad Taunusbrunn eine Mineralquelle auf. Doch das kleine Thermalschwimmbad und die Kuranlagen wirkten marode und betagt. Hier sahen sich nur noch die ganz alten Böcke nach einem Kurschatten um, brachte es Maulbach auf den Punkt, der dazu gern mit der Faust auf den Tisch schlug, besonders in jener Zeit, als seine Wiederwahl noch fraglich war. Wollte man an das Frischfleisch ran, musste man das anders anfüttern.

Der Bürgermeister fasste den ehrgeizigen Plan, das modernste Thermalbad der Region zu bauen. Als die Investitionssumme errechnet worden war, fiel Maulbachs Gerede zunächst kleinlauter aus. Doch dank eines höchst positiven Wirtschaftlichkeitsgutachtens kombinierte er das Förderprogramm für die Kurortentwicklung mit dem für die Bund-Länder-Gemeinschaftsaufgabe „Verbesserung der regionalen Wirtschaftsstruktur", nahm EU-Gelder mit und setzte obendrauf noch eine Bürgschaft der Landesbank. Hau-den-Lukas – so waren 32 Millionen Euro locker gemacht, und den Rest trieben Privatinvestoren auf. Das Finanzierungskonzept stand, und Maulbachs bevorstehender Wiederwahl lag nichts mehr im Weg.

Just an dieser Stelle hatte sich Reginald ins Spiel gebracht. Er legte dem Bürgermeister auf seine ganz spezielle Weise dar, dass die Umsetzung nur mit ihm als Koordinator zu bewältigen war. So hatte die Kommune Bad Taunusbrunn Reginalds Firma vor vier Jahren mit dem Ausschreibungsverfahren betraut.

Daniel riss seinen Chef aus den Gedanken: „Das Ortsschild, Herr DeCesto, wir sind da."

Reginald wies ihm den Weg zur Diana-Therme, die erst in diesem Jahr eröffnet worden war – so frisch, dass noch nicht einmal die Navi-Software diesen Ort von Interesse kannte. Und da sollten sich Touristen hin verirren? Doch der Parkplatz war voll, was vermutlich tatsächlich mit diesem kleinen Zauberwort zusammenhing:

Wellness – das hieß für die einen, im römischen Dampfbad ihre Fettpölsterchen zu schmelzen. Dort harrten sie stundenlang untätig aus und durften sich doch einbilden, dem Körper Gutes zu tun. Barocke Frauengestalten wucherten ungeniert mit ihren Pfunden, und ihre bierbäuchigen Gatten glotzten den nackten Tatsachen überall hin, nur nicht ins Gesicht. Dann ließen sie sich in dem badewannenwarmen Salzwasser der Therme gehen und hingen unter den Massagedüsen ihren Gedanken nach, die nicht selten so schmutzig wie die rostig-braune Mineralbrühe waren.

Die anderen, die dürren Zicken aus der Stadt, die nahmen sich ihr Wohlfühl-Programm als Entschädigung. Die taten Knochenarbeit im Job, im Fitnessstudio und zu Haus, hatten nervige Kinder, unbequeme Haustiere und meist noch einen Mann, der schon bei dem Wort Nackenmassage lieber laufen ging. Also gönnten sie sich den teuren Ausgleich in Form des Drei-Tage-Sheherazade-Arrangements mit Ganzkörper-Peeling und Cellulite-Behandlung noch zusätzlich zu dem Streichelprogramm, das zu Hause nicht zu bekommen war. Dann fuhren wissende Hände mit stundenlanger Geduld, weil bezahlt, über alle nur erdenklichen Körperpartien, und dennoch gab es dafür keinen anstößigeren Namen als eben den: Wellness.

Und die frisch Verliebten, die noch kinderlos und paarungswillig waren, auch die holten sich hier den Körperkick: Junge Stute erhitzt ihren Hengst in der Kräutersauna, um sich dann mit ihm in den Sprudelperlliegen zu suhlen. Und noch während sie Shiatsu und Ayurveda ausprobierten, hatten sie doch nichts als Kamasutra im Kopf.

Daniel bugsierte den Wagen auf den Parkplatz der Therme, und Reginald schüttelte sich innerlich. Diese Menschen – so gewöhnlich, so viehisch in ihrem Körperkult – mochte er nicht. Also würde er auch keinen Fuß in deren Vitaltempel setzen.

„Möchtest du dich hier ein wenig vergnügen?“, fragte er jedoch seinen Schützling und betrachtete dessen schlanke Hände auf dem Steuer. Das Wasser würde seine Fingerkuppen verschrumpeln lassen, sie hart und unempfindlich machen.

„Wenn es Ihnen nichts ausmacht?“, gab Daniel vorsichtig zurück, doch sein Blick richtete sich schon sehnsuchtsvoll auf das Bad.

„Geh nur“, sagte Reginald mild, wohl wissend, dass in Daniels Alter das Sich-Austoben noch vor der Ästhetik kam. Er würde ihn nicht unberührt wiedersehen, von schamlosen Blicken gestreichelt und vom kühlen Nass geküsst. Aber dann säße er wieder hier, mit glänzenden Augen und noch feuchter Haut, die nach Lavendel im Frühnebel roch – das war ihm genug.

Reginald gab ihm fünfzig Euro und die Anweisung, um 16 Uhr wieder auf dem Parkplatz zu sein. Dann setzte er sich selbst ans Steuer und erreichte wenig später sein eigentliches Ziel.

*

Jakob hatte sich nicht wirklich darüber gewundert, dass Marina am Morgen ohne ein Wort des Abschieds fortgegangen war. Erleichtert registrierte er, dass auch sie auf Abstand ging. Er hatte sich dennoch nicht entspannen können. Die Rückenmuskeln und der Nacken blieben hart, da half kein Schulterrollen. Und so war ihm gar nichts anderes übrig geblieben, als sich in die Schwimmhalle zu flüchten.

Jetzt, am frühen Nachmittag, hatte er rund 80 Bahnen Freistil hinter sich, ein gutes Steak im Bauch und den Kopf wieder klar. Doch als er in den Hof des Hauses einbog, in dem sich seine Kanzlei und Wohnung befand, erkannte er Tobias, der dort mit dem Rücken an der Wand stand. Unwillkürlich spannte sich alles in Jakob wieder an, und er verfluchte den Freund dafür.

Jetzt reichte es aber! Er hatte ihm bereits auf den Anrufbeantworter gesprochen, dass er für weitere Freundschaftsdienste in Sachen Marina nicht zur Verfügung stand. Jakob parkte und stieg aus. „Was willst du?“, fragte er knapp.

„Na was wohl! Mit dir reden?“, brachte Tobias hervor. „Dein Handy war ja aus. Und dafür, dass ich hier schon eine halbe Stunde warte, könntest du mir wenigstens ein Bier anbieten.“

„Bin ich dir Rechenschaft schuldig, wie ich den Sonntag verbringe?“, fragte Jakob kühl. Er wusste, das war zu hart, doch er brauchte Distanz. In seiner Wohnung holte er Tobias ein Bier, dann baute er sich vor ihm auf: „Ich sage dir mal eins, mein Freund: Wenn du an die Kastanien willst, hol sie dir selbst aus dem Feuer!“

„Feuer? Was hat Marina dir erzählt? Und kannst du mich mal aufklären, warum du so sauer bist?“, fragte Tobias.

„Ich habe es dir schon aufs Band gesprochen: Such dir einen anderen Babysitter“, gab Jakob zurück.

„Ja, genau“, nickte Tobias und fügte ironisch hinzu: „Tolle Nachricht. So aussagekräftig! Dann rufe ich bei Marina zu Hause an, doch die ist nicht da. Könnt ihr euch vorstellen, dass ich mir Sorgen mache? Wo steckt sie denn jetzt?"

„Das weiß ich nicht, und – ganz ehrlich – es ist mir total egal", gab Jakob zurück.

„Was ist dir egal, wo Marina ist oder dass ich mir Gedanken mache?" – Tobias sagte das leichthin, doch er raufte sich dabei die Haare; ein sicheres Zeichen, dass seine Ruhe nur noch gespielt war.

Jakob zuckte mit den Achseln. „Beides, nehme ich an", brummte er böse. Er dachte gar nicht daran, sich ein schlechtes Gewissen machen zu lassen. Er hatte sich voll im Griff gehabt. Und seine Gedanken, die gingen Tobias nichts an. Kaum zu glauben, wie der hier den wilden Mann markierte, und so fuhr er ihn schließlich an: „Hör auf damit. Was du denkst, ist gewiss nicht passiert."

Doch genau das hieß es eben: Es war denkbar. Tobias versetzte Jakob einen Stoß, der alles andere als freundschaftlich war.

„Schlag mich noch einmal, und du kannst was erleben", rief Jakob erbost und rieb sich die Rippen.

Doch Tobias holte schon zum linken Haken aus. „Und ich dachte, ich könnte dir vertrauen!"

Jakob fing den Schlag ab. „Lass den Quatsch, Blödmann", rief er wütend, „natürlich kannst du mir vertrauen. Sonst wäre ich jetzt wohl bei ihr."

Sie atmeten beide schwer, und sie schauten sich feindselig an. Dann trank Tobias sein Bier in einem Zug aus und verließ ohne jeden Gruß Jakobs Wohnung.

*

„Cooles Auto", sagte der Junge und wies auf den vor dem Zaun geparkten Mercedes. „Was macht der, 250?"

Der Mann lächelte ihn an: „So ungefähr, denke ich."

„Das weiß man doch genau, wenn man so einen Wagen hat. Also ich wüsste es jedenfalls."

„Du willst bestimmt mal Rennfahrer werden", nickte der Besucher ernst.

„Vielleicht", gab der Junge zu. „Oder Astronaut, und dann rase ich durchs All!" Er breitete die Arme aus und lief ein paar schnelle Kreise.

„Wenn ich das gewusst hätte, Benni, wäre ich mit meinem Raumschiff gekommen. Das steht bei mir in der Garage und schafft Warp 9!"

„Ehrlich?", fragte der Junge skeptisch.

„Ehrlich!", beteuerte der Besucher. „Wir fragen deinen Vater, ob du es dir ansehen darfst. Ist der zu Hause?"

Vorsichtige Begeisterung breitete sich in den Zügen des Jungen aus: „Kommen Sie mit, er ist drinnen."

So überraschten sie Bürgermeister Maulbach, als der gerade ein Nickerchen in seinem Wohnzimmer hielt. „Papa", rüttelte Benni ihn am Arm, „da ist ein Mann, und der nimmt mich mit zu seinem Raumschiff. Darf ich? Bitte!"

Maulbach riss die Augen auf und saß in Sekunden senkrecht. Er fuhr sich einmal übers Gesicht, als wolle er einen bösen Traum verscheuchen. „DeCesto", nuschelte er noch benommen, „was wollen Sie denn hier?"

„Bitte Papa", wiederholte der Junge beharrlich, „darf ich mit ihm fahren?"

„Ist groß geworden, Ihr Junge", sagte der Mann mit dem Zopf kalt, „aber erkennen würde ich ihn immer."

„Geh auf dein Zimmer", wies Maulbach seinen Sohn an. „Aber wieso denn?", heulte der auf und warf DeCesto einen erwartungsvollen Blick zu. Doch als dieser still blieb, zog der Kleine schmollend ab.

Maulbach schloss die Wohnzimmertür. Dann baute er sich vor DeCesto auf, den er um einen Kopf überragte. Eine dicke Ader trat auf seiner Stirn hervor, und er bemühte sich sehr um eine feste Stimme: „Dass das klar ist: Mein Sohn fährt mit Ihnen nirgendwo hin!"

„Wie leichtgläubig Kinder doch sind. Man muss wirklich gut auf sie aufpassen."

Der Bürgermeister schnaufte. Er schien sich unschlüssig, ob er auf die unterschwellige Drohung reagieren oder schlicht so tun sollte, als habe er sie nicht verstanden.

„Kommen wir zum Thema", nahm ihm der Besucher die Entscheidung ab.

Es war nur ein kleiner Fehler gewesen, den sich Maulbach bei der Planung der Diana-Therme geleistet hatte, aber ein besonders dummer: Um sich das positive Wirtschaftlichkeitsgutachten zu sichern, hatte er den Boss der damit beauftragten Kanzlei geschmiert, aber dessen Lakai vergessen. DeCesto verfügte in gewissen Kreisen über einen hervorragenden Ruf als Ankäufer brisanter Informationen, und so hatte sich der Mann sein Schweigegeld von ihm besorgt.

Bestechung, Subventionsbetrug, Amtsmissbrauch – DeCesto hatte Maulbach genau eine Option gelassen, um dem Gefängnis und dem politischen Genickbruch zu entgehen: vollständige Kooperation. So musste der Bürgermeister vor vier Jahren die öffentliche Ausschreibung des Thermalbades und sein eigenes Wohlergehen schnell und still in DeCestos zarte Hände legen.

Nahm Reginald sich einer Sache an, tat er das voll und ganz. Das umfasste eine Art lebenslange Bestandsgarantie: So setzte er dem armseligen Bürgermeister jetzt das neue Spiel auseinander, das sich sein genialer Geist erdacht hatte, damit ihr einträgliches Geschäft von damals nicht doch noch aufflog.

Bastian Prust, dieser Schreiberling, hatte offensichtlich seinen Verstand versoffen und somit auch die Warnung vergessen, die Reginald ihm in Form des tödlichen Autounfalls seiner Frau hatte zukommen lassen. Doch eine zweite Chance gewährte ein DeCesto nicht. Per Post werde Prust eine Flasche Schnaps erhalten – versetzt mit einem starken Antidepressivum und somit pures Gift für das Herz des Säufers. Maulbach solle dafür sorgen, dass die Polizei eine fast leere Schachtel des Medikaments in dessen Haus finden würde. Dann sähe es wie glatter Selbstmord aus.

Natürlich lehnte der Bürgermeister, der weiß wie die Wand geworden war, diesen klaren Auftrag nicht ab. Er wusste ja, was für ihn auf dem Spiel stand. „Tschüss, Benni", rief DeCesto noch im Flur, „das Raumschiff zeige ich dir, wenn ich noch einmal kommen muss."

Wieder vor dem Haus wartete Reginald vergeblich darauf, dass sich nach der ausgeführten Mission irgendein Hochgefühl einstellte. Kein Aufbegehren, keine Gegenwehr. Es machte wenig Spaß, wenn sich einer so leicht besiegen ließ.

Aber war es nicht auch bei den Ausschreibungen so? All diese Unternehmer – entweder zahlten die, was er verlangte, oder sie kniffen den Schwanz ein und zogen schon ab, sobald er seine Gorillas nur ein paar Fragen zur Gesundheit ihrer Frauen und Kinder stellen ließ.

Reginald seufzte. Wie lange sollte er sich noch mit so faden Spielchen amüsieren? Nicht mal das Geld konnte ihn mehr locken, er hatte doch längst genug. Da schwor er sich: Die neue Ausschreibung der Konzerthalle würde sein letztes Projekt dieser Art werden, sein Meisterstück. Dann wartete Samoa auf ihn, und dorthin würde er nichts und niemanden aus seinem alten Leben mitnehmen.

Außer Daniel, vielleicht, den noch Unverdorbenen. Wie es sich wohl anfühlte, nur mit dem Jungen in der Südsee abzutauchen? Ein vorsichtiges Lächeln verzerrte sein Gesicht, und ein paar heiße Wallungen durchfuhren ihn nun doch noch. Zumindest halb befriedigt stieg er in seinen Mercedes und brauste davon.

MONTAG

„Du hast was getan?“, fragte Leonhard Kottenbaum seine Frau und ließ dabei die Hände von der Krawatte sinken, die ihm noch lose um den Hals hing.

„Ich habe Frau Blau zum Frühstück eingeladen, weil es noch etwas zu bereden gibt“, wiederholte Karin. „Es geht um ein paar Details in ihrem Bericht über dich. Jetzt können wir ja noch Einfluss nehmen.“

„Ich kümmere mich längst darum, was sie schreibt und was nicht“, brummte Leonhard unwirsch. „Reine Zeitverschwendung, sie hierher zu bitten. Oder fürchtest du, sie erwähnt dein Luxusheim nicht?“

Das war gemein. Als ob gerade sie nur an sich denken würde. Jetzt rückte er seinen Krawattenknoten zurecht, und sie dachte daran, wie eng ihm die Schlinge um den Hals lag, doch das begriff er einfach nicht. Nun, dann würde sie ihn mal aufklären: „Frau Blau will schreiben, dass du Steuern hinterziehst. Ich finde, davon solltest du sie abbringen.“ Das saß! Jetzt stand er da wie vom Donner gerührt.

„Woher weißt du das?“, brachte Leonhard heraus.

„Sie hat am Freitag angerufen und um den Termin gebeten“, entgegnete Karin.

„Und das sagst du mir jetzt?“, wurde ihr Mann laut.

„Ei siehst du, es regt dich auf!“, verteidigte sich seine Frau, „und das wusste ich doch, und ich wollte dir nicht das Wochenende verderben und nicht unser Fest, es war doch wichtig für dich.“

„Ich rege mich nicht auf!“, herrschte er sie an und ließ seinen Zorn an der Krawatte aus, die er sich mit einem

Ruck wieder vom Hals riss. „Was fällt dir ein, hinter meinem Rücken mit der Presse zu reden?"

Sie schob ihre Unterlippe vor und antwortete nicht. Da packte er sie hart an den Schultern, das hatte er noch nie getan, und sie bekam fast Angst. „Hast du ihr Fakten genannt oder Namen?"

Als sie verneinte, ließ er sie so plötzlich los, dass sie rückwärts gegen die Rosenholzkommode prallte und fast hingefallen wäre. Jetzt sah sie ihn fassungslos an.

„Du hältst dich ab sofort raus ", befahl er ihr, und dann band er sich hektisch die Krawatte neu. „Das Gespräch mit Frau Blau führe ich allein."

Er schlug die Schlafzimmertür mit einem lauten Knall hinter sich zu, auch das hatte er noch nie gemacht, und da warf sie sich schluchzend aufs Bett. Wie konnte er sie so behandeln? Das hatte sie nicht verdient.

*

Der Regen prasselte auf das Autodach, und die Scheibenwischer huschten hin und her, links, rechts, links, rechts, als könnten sie sich nicht für eine Richtung entscheiden. Marina schloss entnervt die Augen. So bekam sie den scharfen Spurwechsel nicht mit und schlug mit dem Kopf gegen den Rahmen. „Au!", rief sie erbost.

Tobias murmelte einen Fluch statt einer Entschuldigung und zog an dem Kleinlaster vorbei, der mit geringem Tempo gen Bad Homburg kroch. Er schien voll auf den Verkehr konzentriert, der sich bei diesem Sauwetter noch dichter und unberechenbarer als sonst über dic Straßen quälte. Mit Marina sprach er kein Wort, also drehte sie das Radio an.

„It's raining men, halleluja, it's raining men", tönte es aus den Boxen, und sie stöhnte leise auf. Mussten die Sender bei Regen immer wieder diesen alten Song herauskramen? Die Stimmung im Auto schien ihr noch eisiger zu werden, und so schaltete sie das Radio wieder aus.

Gestern, am Sonntag, hatte sie Tobias nicht mehr gesprochen, ihm lediglich am Nachmittag eine Nachricht hinterlassen, sie sei jetzt bei Eve. Sie wollten sich Filme ansehen. Frauenabend. Das schien er verstanden zu haben. Er war tatsächlich nicht mehr aufgetaucht, und er sprach sie auch jetzt nicht darauf an. Gewiss war er beleidigt, weil sie sich seinen Schutzanweisungen widersetzt hatte.

„Wo treffen wir Jakob?", brach Marina das Schweigen.

Er zuckte mit den Schultern: „Weiß ich nicht."

Doch als sie in die Straße der Kottenbaums einbogen, machten sie Jakobs Auto dort aus. Er wartete unter dem Vordach der Villa und sagte ungehalten: „Ihr seid spät dran, hatten wir nicht halb neun gesagt?"

„Jetzt sind wir ja da – und nur fünf Minuten zu spät", gab Marina kopfschüttelnd zurück. Noch einer, der sauer war?

Kottenbaum persönlich öffnete die Tür. Marina stellte ihre Begleiter vor, und der Unternehmer nickte Tobias kurz zu. Dann warf er einen langen Blick auf Jakob, der sich im grauen Anzug vor ihm aufbaute und eher den Eindruck eines Bodyguards denn eines Rechtsanwalts machte, und straffte sich: „Beeindruckend, Frau Blau. Aber machen wir es kurz – Sie sind auf dem Holzweg."

„Müssen wir das im Flur besprechen?", gab Marina irritiert zurück.

Kottenbaum zuckte mit den Schultern: „Bitte, wenn Sie Ihre und meine Zeit verschwenden wollen, kommen

Sie mit." Er führte sie in sein Arbeitszimmer. Marina und Tobias wies er zwei Stühle vor seinem Schreibtisch zu. Für Jakob zog er ein Ledersesselchen heran, und als der Anwalt sich setzte, konnte er gerade so über die Schreibtischkante schauen. „Entschuldigen Sie", lächelte der Unternehmer böse, „ich hatte nicht mit mehreren Besuchern gerechnet."

„Herr Kottenbaum", begann Marina, „der anonyme E-Mail-Schreiber hat Sie beschuldigt, Steuern zu hinterziehen und mit dem Schwarzgeld ein Konto in Liechtenstein zu speisen."

„Fantastisch", unterbrach er sie, „und das glauben Sie?"

„Sie haben mir erzählt, sie hätten die Ausschreibung der Diana-Therme einfach so verloren", fuhr Marina unbeirrt fort, „aber das stimmt nicht. Sie wurden wegen eines Formfehlers ausgeschlossen. Ein teureres Unternehmen kam zum Zug, und aus Frust über solche Verschwendung von Steuergeldern haben Sie selbst mit dem Hinterziehen begonnen – so steht es in einer der Mails, die ich besitze."

Kottenbaum sah sie regungslos an.

„Und es gibt noch ein interessantes Detail", mischte Tobias sich ein. „Sie haben im Zusammenhang mit der Diana-Therme Herrn Schulze-Pohl angezeigt. Weshalb?"

„Das geht Sie gar nichts an", sagte Kottenbaum ruhig, doch seine Augen verengten sich.

„Und dann haben Sie die Anzeige wieder zurückgezogen", nahm Marina den Faden auf. „Warum? Weil Sie Geld bekommen haben, damit Sie die manipulierte Ausschreibung nicht weiter störten. Das durfte natürlich nicht durch die Bücher laufen, und so haben Sic es nach Liechtenstein geschafft."

„Wilde Spekulationen", wehrte Kottenbaum ab.

„Ach ja?", hielt Marina dagegen. „Bastian Prust, ein Lokaljournalist dort in Bad Taunusbrunn, hat Schweigegeld erhalten, damit er nicht mehr kritisch über die Ausschreibung berichtet. Seine Frau konnte sich nicht damit anfreunden und hatte kurz darauf einen tödlichen Autounfall. Wie also hat man Sie unter Druck gesetzt? Sagen Sie es mir!"

Tobias und Jakob sahen sich erschrocken an. Doch Marina konnte jetzt keine Rücksicht darauf nehmen, dass sie ihnen diesen Teil verheimlicht hatte.

Der Unternehmer hieb ärgerlich mit der Faust auf den Tisch. „Frau Blau, Sie reimen sich da eine Geschichte zusammen, die nichts mit mir zu tun hat. Keine Zeile Ihrer Reportage werde ich genehmigen."

„Das brauchen Sie auch nicht", ließ sich da endlich Jakob vernehmen, „es gibt so etwas wie Pressefreiheit. Und nun beugen Sie sich mal zu mir herunter."

Er brauchte nicht aus dem kleinen Sessel aufzustehen, um seinen Worten Kraft zu verleihen: „Machen wir es kurz, Herr Kottenbaum. Es gibt exakt zwei Möglichkeiten: Entweder Sie sind ein grundehrlicher Unternehmer und kein Steuerbetrüger. Dann können Sie getrost zulassen, dass wir gleich nach diesem Gespräch die fraglichen E-Mails und Recherchen der Steuerfahndung zur weiteren Klärung übergeben. Oder Sie haben doch Dreck am Stecken. Dann drohen Ihnen ein Strafverfahren und ein Bußgeld oder gar Gefängnis. Wenn also dieses ‚Oder' zutrifft, gibt es für Sie nur noch diese Chance: Sagen Sie uns, was bei der Ausschreibung passiert ist. Faktopolis garantiert Ihnen eine faire, rein an den Fakten orientierte Berichterstattung. Und das Sahnehäubchen oben drauf: Wir lassen Ihnen dann noch zwei Tage Zeit für eine Selbstanzeige beim Finanzamt."

Der Unternehmer sprang auf: „Noch einmal: Sie sind auf dem Holzweg. Ich habe dem Finanzamt nichts zu sagen." Für einen Moment leuchtete blanker Zorn in seinen Augen auf, und dann brach er endlich ein: „Aber Sie wissen ja genau, wie wenig ich es mir leisten kann, dass die Steuerfahndung auf Ihre wirren Behauptungen hin meinen Betrieb umkrempelt. Sind erst die Geschäftsunterlagen und PCs beschlagnahmt, ist das Geschäft halb tot. Den Rest besorgt die Presse, bis sich kein Kunde mehr blicken lässt."

Er trat ans Fenster. Draußen goss es noch immer. Dann drehte er sich wieder zu ihnen um und fixierte Marina: „Das hätte ich nicht von Ihnen gedacht, Frau Blau. Sie greifen zu so unfairen Mitteln, um mich unter Druck zu setzen? Steht es um Ihre Auflage so schlecht?"

„Möchten Sie eine Erklärung abgeben?", entgegnete Marina forsch. Jetzt hatte sie ihn, da mochte er ruhig persönlich werden.

„Also schön", gab sich Kottenbaum einen Ruck, „es ist so: Wer auch immer Ihnen diese Mails schickt, hat nicht den geringsten Beweis. Das muss Ihnen doch klar sein. Er will mir schaden, aus Rache oder aus Neid. Ein erfolgreicher Unternehmer hat viele Feinde: gekündigte Mitarbeiter, unterlegene Konkurrenten – was weiß ich. Doch ich sage Ihnen: Ich habe keine Steuern hinterzogen und auch kein Konto in Liechtenstein.

Was nun die Ausschreibung vor vier Jahren betrifft: Dass ich Max angezeigt habe, geschah aus einem zutiefst persönlichen Motiv. Mein alter Jugendfreund hat den Zuschlag für die Trockenbau-Arbeiten an der Diana-Therme bekommen.

Doch er hat sich nicht nur an meinem Ausschluss von der Ausschreibung bereichert, sondern zudem – und das habe ich just in jenen Tagen herausgefunden – ein Verhältnis mit meiner Frau gehabt. Da habe ich rot gesehen und ihn wegen irgendetwas angezeigt. Wieder klar im Kopf, nahm ich die Anzeige sofort zurück. Das ist alles. Seither trenne ich Persönliches und Geschäftliches strikt. Wie Sie sehen, konnte ich Karin zurückgewinnen. Nur die Freundschaft mit Max zerbrach, das werden Sie vielleicht verstehen."

Marina wagte nicht, die Männer an ihrer Seite anzusehen. Ihr Gedankengebäude stürzte wie ein Kartenhaus zusammen, wenn das auch nur annähernd stimmte. Verdammt!

„So, und nun können Sie hier rausgehen und mich mit ihren lächerlichen Beschuldigungen bei der Steuerfahndung anschwärzen", kam Kottenbaum zum Ende. „Aber bedenken Sie, Frau Blau und Herr Weidenritter: Sie werden gut fünfzig Arbeitsplätze auf dem Gewissen haben, wenn Sie mir den Betrieb ruinieren. Und, Herr Streuner, bitte erklären Sie Ihren Mandanten, dass ich sie bis aufs Messer verklagen werde, wenn auch nur ein einziges unwahres Wort über mich in dem Magazin erscheint."

*

„Er lügt", sagte Marina trotzig, als sie sich im Regen stehend vor der Tür wiederfanden.

„Ach komm schon, Marina", hielt Tobias ihr vor, „wir können nicht sicher sein. Ich habe es von Anfang an gesagt: Anonymen Beschuldigungen darf man nicht trauen!"

„Müssen wir das hier diskutieren", warf Jakob genervt dazwischen, „hoch gepokert und verloren – kein Grund, sich an den Kragen zu gehen." Böse Blicke trafen ihn von beiden Seiten. „Wir treffen uns in meinem Büro", sagte er kurz und stiefelte zu seinem Wagen davon.

Tobias sah aus, als wolle er sich weigern, in Jakobs Kanzlei das weitere Vorgehen zu besprechen, fuhr dann aber doch mit Marina hinter dessen Auto her. Die nahm die feindliche Spannung zwischen den beiden Freunden wahr. Doch so verschlossen, wie sich Tobias gerade gab, wollte sie ihn nicht nach dem Grund fragen.

Ob Kottenbaum geblufft habe oder nicht, fasste der Anwalt wenig später die Situation zusammen, sei so schnell nicht herauszufinden. Keinesfalls könne er ihnen empfehlen, irgendwelche Anspielungen auf unrechtes Verhalten zu veröffentlichen.

Wie es nicht anders zu erwarten war, setzte Tobias die gesamte Reportage ab. Er warf Marina vor, sich verrannt zu haben. Kottenbaum sei nicht Nixon und die Diana-Therme kein Watergate. Es sei eben eine Sache, skandalöses Verhalten von Politikern und Wirtschaftsbossen aufzudecken, und eine ganz andere, mit Macht nach Skandalen zu suchen, um sich selbst zu profilieren. Das nenne man Enthüllungsjournalismus, und so etwas gebe es bei Faktopolis nicht, solange er der Chefredakteur sei. Auch wolle er keinesfalls Arbeitsplätze vernichten und somit die E-Mails über Kottenbaum nicht an die Steuerfahndung weiterleiten.

Marina konnte es nicht fassen. Es sollte alles im Sande verlaufen? Aber sie wusste doch definitiv, dass in Bad Taunusbrunn etwas oberfaul war. Hatten denn alle schon vergessen, dass sie deshalb bedroht worden war?

Doch Tobias ließ sich auch davon nicht umstimmen. Es sei fraglich, ob Kottenbaum hinter dem Angriff auf Marina stecke. Im Übrigen nehme er ihr übel, dass sie den Unfall von Prusts Frau verschwiegen habe. Wenn sie nicht mit offenen Karten spiele, sei das ein Grund mehr, weshalb er sich und Faktopolis da heraushalte. Es stehe ihr frei, selbst zur Polizei zu gehen oder diese Taunusbrunn-Sache zu vergessen.

Marina fuhr nicht mit Tobias in die Redaktion zurück. Sie fragte ihn noch, wie er die Lücke in der nächsten Ausgabe füllen wolle. Irene von Throst sei seit Sonntag mit einem Ersatzbericht beschäftigt, gab er zu.

„Okay“, sagte sie, „dann wirst du nichts dagegen haben, wenn ich mir ein paar Tage freinehme.“

Er antwortete nicht. Seine dunkelbraunen Augen spiegelten Wut und Enttäuschung, und er schaute sie so lange an, bis sie sich umdrehte und durch den Regen in Richtung U-Bahn verschwand.

Völlig durchnässt kam Marina zu Hause an. Sie schlang sich aber nur ein Handtuch ums Haar, dann setzte sie sich entschlossen an ihr Notebook und schrieb die Nachricht an Gabriel@anonym-x.com, die sie längst im Kopf formuliert hatte:

Ich weiß, dass Sie Leonhard Kottenbaum wegen seiner Steuerhinterziehung zur Selbstanzeige zwingen wollen. Doch ohne Beweise kann ich Sie nicht unterstützen. Das ist Ihre letzte Chance: Liefern Sie mir etwas, das nicht nur zum Bluffen taugt. Ich gebe Ihnen noch bis 24 Uhr Zeit.

*

Direkt nach dem Gespräch, das noch viel unangenehmer als befürchtet verlaufen war, eilte Leonhard zurück in sein

Schlafzimmer. Der anonyme Erpresser wusste über das Konto in Liechtenstein Bescheid. Aber war ihm auch klar, was er Leonhard damit antun konnte? Um keinen Preis durften Einzelheiten über das Konto in die Hände der Behörden fallen. Er musste den E-Mail-Schreiber entlarven, irgendwie, und jeden weiteren Verrat verhindern. Doch zuallererst galt es, alle Hinweise auf das Konto zu vernichten.

Die Auszüge bewahrte er in seinem Privattresor im Schlafzimmer auf. Karin saß noch dort, das Gesicht beleidigt abgewandt. „Dass du es ein für alle Mal weißt", sprach er sie scharf an, „ein E-Mail-Schreiber erpresst mich. Da ich mich nicht selbst wegen Steuerhinterziehung anzeige, verrät er mich an die Presse. Er kann aber offensichtlich keine Beweise liefern. Deshalb müssen wir weiter Stillschweigen über das Schwarzgeldkonto bewahren, du und ich. Verstehst du das?"

Sie schluckte, dann gab sie sich einen Ruck und sah ihren Mann wieder an: „Leonhard, um Himmels willen, das geht nicht gut. Wenn die dich jetzt anzeigen? Du musst ihnen zuvorkommen!"

„Diese Faktopolis-Leute habe ich rausgeworfen. Keiner zeigt mich an, alles viel zu dünn." Er nahm die Ikone mit dem Engel von der Wand, die er Karin zum 40. Geburtstag geschenkt hatte, damals, kurz vor der Jahrtausendwende, als es noch glänzend um seine Firma stand. Das Bild hatte er über seine Dresdener Geschäftskontakte aus Moskau beschafft. Vielleicht war es aus einem Museum geklaut, er wusste es nicht. Deshalb hatte er auch nicht widersprochen, als Karin, die ihren Engel von Anfang an geliebt hatte, sich für den Platz im Schlafzimmer entschied. Hier blieb die Ikone vor fremden Blicken verborgen und diente auch noch dem heiligen Zweck, seinen in die Wand gemauerten Privattresor zu beschützen.

Er öffnete ihn. Unter den diversen Schmucksäckchen seiner Frau lag die blaue Mappe mit den originalen Kontoauszügen der Liechtensteiner Bank. Jan Liebermann besorgte die für ihn. Er selbst hatte sich geschworen, nie wieder einen Fuß in das Fürstentum zu setzen, und Jan konnte er wie einem Sohn vertrauen. Dessen war er sich immer sicher gewesen. Bis heute. Was, wenn sein Prokurist ihn verriet? Was taten Menschen für Geld? Und wer würde ihn dafür bezahlen? Außer Jan wusste eigentlich nur noch DeCesto von dem Konto. Doch der hätte nichts davon, wenn Leonhard unterginge – im Gegenteil.

„Karin, das ist jetzt sehr wichtig“, sprach er erneut seine Frau an, während er den Tresor wieder fest verschloss und den Engel in seine Wächterposition zurückhievte. „Hast du irgendjemandem von dem Konto erzählt?“

Sie sah nach unten und sagte: „Claus.“

Das hatte der Junge also gemeint, als sie letzten Dienstag wegen dessen abenteuerlichen Zukunftsvorstellungen aneinandergeraten waren. Ein Schauer überlief Leonhard. Sein Sohn war verwöhnt, und er trieb ihn oft genug auf die Palme. Aber ein Junge, der kein Fleisch aß, weil er Mitleid mit den armen Tieren hatte, der jagte doch dem eigenen Vater kein Messer in den Rücken.

„Hat Claus es weitererzählt?“, fragte er nachdenklich. „Karin, hat der Junge eigentlich noch Kontakt zu seinem feinen Patenonkel Max?“

„Aber nein.“, entgegnete sie schnell. „Und wie kannst du deinen eigenen Sohn verdächtigen, dir zu schaden. Was übrigens Max betrifft, ich sage dir, du täuschst dich in ihm …“

„Du hast eben keine Ahnung“, fuhr Leonhard dazwischen und verließ das Schlafzimmer schnellen Schrittes. Claus würde er sich vorknöpfen, gleich nachdem er die Kontoauszüge aus dem Safe durch den Reißwolf gejagt und zur Sicherheit auch noch im Kamin verbrannt hätte.

Die blaue Mappe in der Hand eilte er die Treppe hinunter, vorbei an den Porträts seines Vaters und Großvaters. Die hatte Karin nach alten Fotos malen lassen.

Heinz Kottenbaum war als Tischler dargestellt. Was hätte der Vater darum gegeben, wäre auch Leonhard beim Tischlerhandwerk geblieben. Seine ganzen letzten Jahre lang hatten sie einen erbitterten Streit hierüber geführt. Aber Leonhard brauchte sich nichts vorzuwerfen, er war ja im Recht. „Siehst du das nicht, Vater?“, rief er aus. „Ich habe es zu mehr als einer Werkstatt im Hinterhof und zwei dusseligen Gesellen gebracht.“

„Schlappschwanz“, hielt ihm da prompt das zweite Porträt entgegen. Es zeigte seinen Großvater, der ebenfalls Tischler und noch bis kurz vor seinem Tod in einer Möbelfabrik tätig gewesen war. Auf dem Bild trug er eine Lederkappe und rauchte Pfeife, während er mit dem Hobel über einen Balken fuhr. „Du wirst sie alle entlassen müssen“, sprach es aus seinem Blick, „so haben sie es damals auch mit uns gemacht, als die Fabrik Pleite ging, diese neumodischen Herren Geschäftsführer, die zu faul zu ehrlicher Handarbeit sind.“

Da zeigte Leonhard ihm die Faust, und dann brüllte er die Bilder an: „Ich kriege das hin, das wird alles wieder, ihr werdet es schon sehen!“

„Ei du machst alles kaputt, mutwillig und grundlos!“

Abrupt blieb Leonhard stehen, und seine längst zitternden Hände ließen die blaue Mappe fallen. Diese Stimme gehörte keinem seiner Vorfahren. Das war Karin. Dort oben stand sie auf der Empore und wirkte in ihrem weiten Kleid wie ein Racheengel.

„Zeig dich selbst an“, sprach seine Frau mit bebender, aber lauter Stimme, „sonst landest du noch hinter Gittern!“

Warum mischte sie sich ein? Warum vertraute sie ihm nicht? Reichte es nicht, dass sie ihm diese Väter an die Wand gehängt hatte, auf dass er tagtäglich deren stumme Vorwürfe ertragen musste, noch bevor er die erste Tasse Kaffee bekam? Er wich zurück, als Karin die Treppe hinunter stieg, und dann herrschte er sie an: „Du übertreibst wie immer maßlos. Ich habe meine Gründe, auch wenn du die nicht verstehst. Und übrigens, das mache ich auch für dich.“

Schon liefen ihr Tränen übers Gesicht. „Für mich? Ich merke doch, wie unglücklich du bist seit dieser Sache in Bad Taunusbrunn. Ich habe einfach nur Angst um dich.“

„Ach komm schon“, lenkte Leonhard ein. Er wollte sie nicht zum Weinen bringen, warum hatte er sich nicht besser im Griff? Er zog sie in die Diele zu der kleinen, mit reichen Intarsien verzierten Holzbank, dem Meisterstück seines Vaters. Was konnte er sagen, damit sie Ruhe gab?

„Karin, ich habe Geld in Liechtenstein angelegt und die Erträge nicht versteuert, das weißt du ja. Doch ich kann mich deshalb nicht selbst anzeigen. Straffreiheit gibt es nur, wenn ich die Steuern sofort nachzahle. Die Summe kann ich aber momentan nicht aufbringen.“

Karin sah ihn mit großen Augen an.

„Ich wollte es dir eigentlich nicht sagen“, gab Leonhard zu, „aber das Konto in Liechtenstein ist leer. Weil diese Dreckskunden seit der Wirtschaftskrise nur noch schleppend zahlen, brauche ich das Geld zur Überbrückung. Alles freie Vermögen ist momentan im Betrieb investiert."

„Aber Leo", sagte Karin leise, „es gibt einen Ausweg, und das sage ich dir schon so lange: Verkaufe die Firma! Dann machst du reinen Tisch mit dem Finanzamt, und alles wird wieder gut."

Nein. Er konnte seiner Frau nicht offenbaren, was die Schande seines Lebens war: Der Betrieb fast insolvent und somit unverkäuflich, die Yacht verpfändet, das Haus im Besitz der Bank. Und er selbst schon mit einem Bein im Knast, weil es für das, was er noch getan hatte, ohnehin keine Straffreiheit gab.

„Und Claus?", spielte Leonhard also seinen allerletzten Trumpf aus. „Was soll der denn tun, wenn ich die Firma verkaufe?"

Karin wollte etwas einwenden, doch er ließ sie nicht zu Wort kommen: „Ich weiß schon, was du denkst: Claus will eigene Wege gehen. Aber ich sage dir, das wird er sich schnell wieder anders überlegen. Der Betrieb ist nämlich seine beste – seine einzige – Chance, doch noch auf die Füße zu fallen."

Das meinte Leonhard sogar ernst. Aus einem zwar verschuldeten, aber grundsoliden Unternehmen, da ließ sich immer etwas machen, wenn Claus sich nur richtig anstrengte. Hingegen würde der sich mit dieser Internetidee jämmerlich verrennen. Das hatten schon ganz andere versucht und waren damit baden gegangen. „Webdesigner will der werden, dass ich nicht lache!", setzte Leonhard sarkastisch hinzu. „Ist mir noch nicht aufgefallen, dass man damit so viel Geld verdienen kann, wie der Junge ständig ausgibt."

Da tönte es von der Treppe her: „Das mit dem Lachen habe ich gehört!"

*

Die Uhr schlug halb elf, doch Claus war erst halb angezogen. Er trug Boxershorts von dieser Markenfirma, die bei den jungen Leuten hoch im Kurs stand, schwarz-bunt mit der Aufschrift „Love kills slowly" im ausgebeulten Schritt. Das passende Shirt zeigte einen gewaltigen Totenkopf, der die Eltern hohläugig von oben herab anglotzte. Claus hob die blaue Mappe auf, die noch auf der Treppe lag, und warf einen Blick hinein. Dann machte er auf dem Absatz kehrt und verschwand.

Erst mit dem Klicken des Schlüssels fuhr Leonhard der Schreck durch die Glieder. Er sprang auf, hastete die Treppe hoch und schlug zornig gegen Claus' verschlossene Zimmertür: „Gib mir meine Mappe zurück! Was fällt dir ein!"

Doch der Sohn dachte gar nicht daran, seinen kleinen Beutezug vorzeitig abzubrechen. Geschlagene fünf Minuten ließ er den Vater toben, bevor er öffnete und ihm die blaue Mappe entgegenhielt: „Suchst du die?"

Leonhard riss ihm die Unterlagen aus der Hand: „Wie kannst du es wagen!"

Doch Claus ließ sich nicht einschüchtern: „Du unterschätzt mich eben immer." Er zog sich eine schwarze Hose über den Schriftzug „Love kills slowly" und bedeckte den Totenkopf mit einem Hoodie, auf dem eine fast nackte Frau einen Tiger ritt.

Leonhard ließ die Arme hängen, was konnte er tun? Der wusch sich ja nicht einmal mehr, bevor er sich in diese grausigen Klamotten warf, von denen allein der Kapuzenpullover über 250 Euro gekostet hatte. Das wusste Leonhard genau, denn er hatte seine Frau gefragt, was um alles in der Welt ein Hoodie sei. Diese Position war im letzten Monat gleich dreimal in den Belegen zu Claus' Kreditkarte erschienen, die über die Firma lief: Hoodie mit Tigerfrau, Hoodie mit Schlange, Hoodie mit Säbeln. Und als nächstes vielleicht Hoodie mit Messer im Rücken?

„Glaub mir, ich unterschätze dich keineswegs", sagte Leonhard müde. Er würde schon noch herausfinden, was für ein Spiel sein Sohn da trieb. Aber erst musste er sich um diese Kontoauszüge kümmern. Leonhard drehte sich um, die blaue Mappe fest an die Brust gepresst, und verließ das Zimmer.

So blieb Claus gar nichts anderes übrig, als ihm seine Worte an den Hinterkopf zu schmeißen: „Lauf nur davon, mit dir ist nie zu reden. Da kann ich ja machen, was ich will."

„Ach ja?" Leonhard drehte sich noch einmal um: „Hast du mir denn etwas zu sagen, das mal nicht pubertär oder großkotzig ist?"

„Du bist so selbstgerecht", presste Claus hervor, „und du kapierst es einfach nicht: Im Internet liegt die Zukunft. Meine Zukunft!"

Leonhard schüttelt nur den Kopf und wandte sich endgültig ab.

„Das kannst du natürlich nicht sehen", verfolgte ihn die aufgebrachte Stimme seines Sohnes, „du klebst ja fest an deinen Baustoffen und dem ganzen verstaubten Holzzeugs. Beschwerst dich über Großvater, weil der nicht wollte, dass du die Tischlerei sausen lässt – und was machst du jetzt mit mir? Willst mich auf den Trockenbau festnageln, nur weil du das mit dem Internet nicht mehr raffst. Das Brett vor dem Kopf liegt wohl in der Familie."

Leonhard ertrug es nicht länger. Vorwürfe, nichts als Vorwürfe. Von Claus, von Karin, ja sogar von den Ahnen, die ihn mit stummen Mienen von der Wand her verfolgten. Das hatte er nicht verdient, er strengte sich doch so an – und wofür? Doch nur für seine Familie!

Er musste raus hier. Er würde die Auszüge im Büro vernichten. So warf er sich eilig eine Jacke über, nahm die Autoschlüssel, vergaß aber sein Handy, und ein paar Minuten später schoss sein Wagen den knirschenden Kies der Auffahrt hinab.

*

Claus spürte, wie die Mutter ihren Arm um ihn legte, doch er schüttelte ihn unwillig ab. Glaubte die, durch ihr fürsorgliches Getue könne sie wieder gutmachen, was sein Vater ihm antat? Der hatte doch immer nur seinen Betrieb im Kopf.

„Claus", sagte seine Mutter leise, „du sollst deinen Vater nicht provozieren. Er hat wahrlich genug um die Ohren. Könnt ihr euch nicht vertragen?"

Er starrte sie an. Bekam die Frau überhaupt noch mit, wie spacey sie war? Man musste schon auf einem anderen Stern leben, um nicht zu sehen, dass der endgültige Bruch zwischen ihm und dem Vater unmittelbar bevorstand. „Echt krass, du raffst genauso wenig wie er", sagte er laut.

„Das wollen wir erst mal sehen", gab Karin geheimnisvoll zurück und nahm sich das Telefon.

„Hallo Max, Karin hier“, hörte Claus seine Mutter sagen, doch er traute seinen Ohren kaum. Sie hatte noch Kontakt zu diesem Mann? Sein Vater duldete nicht einmal mehr, dass dessen Name in seiner Gegenwart fiel.

„Es scheint so, als träfen meine Befürchtungen zu“, fuhr Karin fort. „Wir hatten heute unangenehmen Besuch von der Presse, die setzen Leo wegen einer Steuersache unter Druck ... Ja, ich fürchte, er wird das nicht mehr lange durchhalten ... Du bist noch bereit, unseren Betrieb zu kaufen?“

Claus stieß einen Pfiff aus, doch seine Mutter machte ihm ein Zeichen, still zu sein. „Natürlich musst du die Bilanzen sehen, ich weiß ... Wie gesagt, ich habe das Gefühl, es ist bald so weit. Und dann wird Leonhard dir für deine Hilfe sehr dankbar sein ... Doch, bestimmt. Ich halte dich auf dem Laufenden.“

Mit zufriedenem Gesicht legte Karin auf und schaute ihren Sohn erwartungsvoll an. Der war aber nicht begeistert, eher fassungslos: „Wenn es keinen Betrieb mehr gibt, muss ich ihn auch nicht übernehmen. Ist das deine Lösung?“

Karin lächelte: „Du hast es erfasst.“

„Wenn Vater wüsste, was du da hinter seinem Rücken einfädelst, und dann auch noch mit Max – er würde dich glatt erschlagen.“

„Er muss ja nie erfahren, dass es meine Idee war, seinen alten Freund um Hilfe zu bitten“, gab Karin pikiert zurück.

Claus sah sie zweifelnd an: „Ich verstehe das nicht. Wieso bist du so sicher, dass er verkaufen muss?“

„Weil das Konto in Liechtenstein leer ist“, klärte seine Mutter ihn auf, „dein Vater hat das Geld nach und nach in den Betrieb gesteckt. Ihm droht aber ein Verfahren wegen Steuerhinterziehung, das er nur vermeiden kann, indem er sich selbst anzeigt und die Steuern sofort nachzahlt. Und da auf unserem Haus eine hohe Hypothek eingetragen ist, bleibt nur der Verkauf der Yacht oder des Betriebs, und ich sage dir, in diesen Zeiten, da will doch keiner ein Schiff."

Claus erschrak. Er hatte nicht geahnt, dass so etwas passieren konnte, nur weil ein blödes Konto aufflog. Sein Vater war doch reich.

„Und deshalb", fuhr seine Mutter unbeirrt fort, „nur deshalb, habe ich mich an Max gewandt, als mir klar wurde, dass diese Journalistin deinen Vater jagt. Der Sturkopf will es ja nicht wahrhaben, aber ich sehe doch, wie hartnäckig die Frau ist. Die will es genau wissen, die treibt ihn an die Wand. Und wenn es dann soweit ist, wenn er endlich einsieht, dass die Selbstanzeige das kleinste Übel ist, dann wird Max ihn mit einem Angebot überraschen, das mehr als fair ist, und alle Probleme sind endlich gelöst."

Claus sah seine Mutter lange an. Wie stolz sie auf ihre Lösung war. Sein Vater würde doch ausflippen, wenn er den Betrieb, sein Lebenswerk, verlor. Die waren doch beide völlig durchgeknallt, seine Eltern. Aber das ging ihn nichts mehr an. Cool bleiben, Mann, du machst dir ein schönes Leben. Er hatte sich entschieden, und er würde das jetzt durchziehen.

*

Die Flucht aus seinem Haus brachte Leonhard Kottenbaum in eine unangenehme Lage. Er wollte nicht zurück, aber konnte er mit der blauen Mappe in der Hand im Betrieb erscheinen? Was, wenn die Faktopolis-Leute ihm doch die Steuerfahndung auf den Hals gehetzt hatten? Wenn die dort schon auf ihn warteten?

Die Kontoauszüge mussten weg, und zwar jetzt. Aber wie? Er würde sie verbrennen! Aber wo? Von Bad Homburg kommend wechselte er am Nordwestkreuz Frankfurt von der A5 auf die A66 und bog kurz vor der Ausfahrt Frankfurt-Höchst auf einen Autobahnparkplatz ein. Der Regen vom Morgen war in ein leichtes Nieseln übergegangen, das würde ihn nicht weiter stören. Doch gerade, als er aussteigen wollte, fiel es ihm ein: Er hatte gar kein Feuerzeug.

Verzweifeltes Lachen brach ihm aus der Kehle. Für Karin hatte er das Rauchen aufgegeben – was hatte er für diese Frau nicht schon getan, und das hatte er nun davon: kein Feuerzeug! Er durchwühlte das Handschuhfach. Nicht mal Streichhölzer – nichts.

Er legte die Stirn aufs Lenkrad, doch dann nahm er sich zusammen. Weiter! An einer Tankstelle erstand er ein Dreierset Plastikfeuerzeuge, eine große Flasche Wasser sowie ein Päckchen Zigaretten, und als er sich mit zittrigen Fingern die erste Kippe seit Jahren ansteckte und tief inhalierte, war das sein erster guter Moment an diesem Tag. Es sollte auch der letzte bleiben.

Auf dem nächsten menschenleeren Parkplatz suchte Leonhard sich einen Mülleimer aus Stahl und legte seine Papiere hinein. Doch er hielt das Feuerzeug im falschen Winkel, und als die Flamme ihm den Arm versengte, ließ er es fallen. Himmelherrgott noch einmal, das konnte doch nicht so schwierig sein.

Eilig riss er ein weiteres Feuerzeug aus der Packung. Nun sah er sich besser vor. Nach einer Weile fraßen die Flammen das verräterische Papier, und es war sein Glück, dass er sich abwendete, um den Rauch nicht einzuatmen. Denn in diesem Moment explodierte das im Mülleimer versackte Feuerzeug mit einem Knall, der wie ein Schuss klang, und eine Stichflamme schlug nach oben.

Leonhard erschrak fürchterlich. Er schaute sich hektisch um, doch es ließ sich noch immer keiner blicken. Schnell, trieb er sich an, nur weg hier. Vorsichtig lugte er in den Eimer – nur noch verkohlte Asche. Er goss das gekaufte Wasser darüber. Geschafft. Dann sprang er in sein Auto und stob davon.

Er brauchte noch etwas zu rauchen, sofort. Zurück im zäh fließenden Verkehr Richtung Frankfurt fummelte er eine Zigarette fahrig aus der Schachtel, als es ihm einfiel: Er hatte noch immer kein Feuerzeug. Das eine war explodiert, das zweite hatte er zurück zu dem dritten in die Packung gesteckt, ins Gras gelegt und dort vergessen. War es ihm nicht mal vergönnt, auch nur einen Bruchteil seiner Sorgen und Anspannung in Rauch aufzulösen?

*

Dass sein Wagen über einen Zigarettenanzünder verfügte, fiel Leonhard ein, als er auf den Hof seiner Firma einbog. Er schlug sich an die Stirn und kam sich wie ein Trottel vor.

Auch von Steuerfahndern war weit und breit nichts zu sehen. Er glaubte jedenfalls nicht, dass die mit einem schwarzen Mercedes kamen, in dem ein sehr junger Mann mit blonden Locken am Steuer saß und wartete. Leonhard stöhnte. An diesem Tag blieb ihm nichts erspart.

„Der Chef, endlich“, rief Frau Schmitt am Empfang. Sie sprang auf und winkte mit ein paar Zetteln: „Ein Herr Vossner von der Parfümeriemarkt-Kette will Sie dringend sprechen.“

Leonhard riss ihr die Zettel aus der Hand und eilte die Treppe hoch in sein Büro. Dort stand noch der Kirschlikör vom Samstag. Er nahm einen großen Schluck direkt aus der Flasche. Dann fügte er sich ins Unvermeidliche, indem er sich auf die Suche nach dem Inhaber der schwarzen Limousine machte, die auf seinem Firmenparkplatz stand.

Er fand Reginald DeCesto im Büro von Jan Liebermann. Der Prokurist sprang auf. Er schien etwas verlegen zu sein, und Leonhard verstand auch sofort, warum: Die Ausschreibungsunterlagen für die Konzerthalle lagen auf dem Tisch. Hatte er Jan nicht deutlich gesagt, dass dieses Projekt Chefsache war?

„Herr DeCesto hat mir nur schnell ein paar Details gezeigt“, kam es prompt aus dem Mund seines Prokuristen.

Doch noch ehe Leonhard ihn zornig zurechtweisen konnte, mischte DeCesto sich ein. „Du bist endlich da, dann können wir ja fahren.“ Er packte er die Papiere zusammen und drückte sie Liebermann in den Arm: „Sie kümmern sich darum.“

Leonhard setzte zu einer entrüsteten Gegenrede an, doch DeCesto schüttelte unwillig den Kopf: „Ich glaube nicht, dass du unser kleines Gespräch hier führen willst. Ich warte im Auto.“ Dann verließ er festen Schrittes den Raum.

„Was fällt dir ein?“, rief Leonhard ihm hinterher und folgte dem kleinen Mann die Treppe hinunter und quer durch die Halle hinaus auf den Parkplatz.

„Steig ein", befahl DeCesto und hielt Leonhard die hintere Wagentür auf. Er selbst nahm den Beifahrersitz. Fahr los, mein Lieber", sagte er zu dem jungen Mann, der ohne Umschweife den Motor anließ und den Mercedes langsam vom Hof lenkte.

„Was soll das, wohin fahren wir?", fragte Leonhard grimmig. Doch DeCesto wies mit den Augen warnend auf den Jungen. Dann sagte er kühl: „Wie geht es deiner Frau? Karin, nicht wahr, so heißt sie. Noch immer glücklich verheiratet?" Als Leonhard nicht antwortete, rezitierte DeCesto bedeutungsvoll: „Odi et amo. Quare id faciam, fortasse requiris. Nescio, sed fieri sentio et excrucior."

Leonhard wusste nicht erst seit heute, dass dieser Mann irre war, mit dem er in einem Boot saß – und momentan auch noch in einem Auto, das ihn irgendwohin entführte, während er sich kranke lateinische Verse anhören musste. Wenn der da vorn dachte, er könne ihm Angst machen, dann hatte er recht.

„Catull", sagte DeCesto, „das berühmte Carmen 85, falls dir das etwas sagt: ‚Ich hasse und ich liebe. Warum, fragst du vielleicht. Ich weiß es nicht, aber ich fühle so, und es zerstört mich.'"

Eine Welle von Furcht überkam Leonhard. Sein Magen krampfte sich zusammen. Er musste aufstoßen, schmeckte den Kirschlikör und fürchtete schon, sich zu übergeben. Da bog der Wagen in einen Feldweg ein und hielt vor einer abgezäunten Fläche, auf der von Unkraut überwucherter Industrieschrott lagerte.

Leonhard stolperte aus dem Auto und atmete tief ein. Vor ihnen machte der Feldweg einen Bogen, den der Zaun linkerhand nachvollzog, während sich rechts ein Geröllberg erhob und den Blick auf das versperrte, was hinter der Kurve lag.

Erst jetzt wurde Leonhard klar, dass DeCesto ihn überrumpelt hatte. Was für ein blödes Schaf war er denn? Er hatte sich einfach so verschleppen lassen an diesen Ort. Saudumm. Und nun?

„Puff", machte DeCesto und bohrte dem Unternehmer seinen Zeigefinger in den Rücken. Er weidete sich an dem Schrecken, der Leonhard durch alle Glieder fuhr, und kicherte: „Ganz ruhig, hier passiert dir nichts." Doch dann schubste er ihn grob auf den Weg, der um den Geröllberg herumführte: „Dort entlang geht es zur Schlachtbank!"

Leonhard nahm sich zusammen und schritt voran. Hinter der Kurve tauchte eine Wellblechbaracke auf, vor der ein grauer VW-Bus mit ausländischem Kennzeichen stand. Ein Mann trat aus der Hütte, und DeCesto stellte ihn als Boris Koslow vor. Der Russe trug einen schlecht sitzenden Anzug. Seine Füße steckten barfuß in alten Lederslippern. Doch er war sauber rasiert, und die stechenden Augen ließen Intelligenz und Wachsamkeit vermuten.

Koslow zog die Tür zu der Baracke auf, ließ DeCesto den Vortritt und folgte ihm auf den Fuß. Leonhard zögerte noch, da rief DeCesto schon: „Kottenbaum, komm schon. Wir haben nicht ewig Zeit."

Musste er sich das gefallen lassen? Schon keimte in Leonhard der Zorn wieder auf. Doch DeCesto würde nicht locker lassen. Er kannte das ja schon. Irgendwann kamen sie immer an den Punkt, an dem der Pferdeschwanzmann die Zügel übernahm.

Die Hütte war eng. Es stank nach ungewaschenen Körpern, nach Arbeitsschweiß, Alkohol und kaltem Rauch.

Leonhard wurde schon wieder schlecht. Der Russe zog ein Blatt hervor, reichte es DeCesto und wies mit dem Kinn auf Leonhard: „Er das unterschreiben." DeCesto überflog das Papier und legte es dann vor den verblüfften Leonhard auf den Tisch.

„Gar nichts unterschreibe ich, was fällt euch ein?", rief der erbost.

Doch Koslow streckte ungeduldig seinen Zeigefinger aus und wies auf das Schriftstück: „Unterschreibe, dann gute Geschäft ist perfekt!"

Es war der blauschwarze Dreck unter dem eingerissenen Fingernagel des Russen, der Leonhard den Rest gab. Alle Sinne meldeten Alarm, und schon krampfte sich sein Magen zusammen. Er schaffte es gerade noch bis vor die Baracke, wo er sich ins Gebüsch übergab, bis ihm nur noch die Galle hochkam. Dann lehnte er sich auf wackeligen Beinen an die Blechwand.

DeCesto trat hinaus und sah ihn mit einer Mischung aus Ekel und Mitleid an, wobei Letzteres vermutlich nur gespielt war. Ob Leonhard vergessen habe, was er ihm schuldig sei? Dafür, dass DeCesto ihm vor vier Jahren den Kopf gerettet habe, verlange er jetzt Kooperation.

Es ging um die Konzerthalle. Gleich hier, auf der Industriebrache hinter dem Drahtzaun, würde diese entstehen. Welchen Bürgermeister DeCesto dieses Mal erpresste, tat nichts zur Sache. Jedenfalls würde er wieder die europaweite Ausschreibung koordinieren. „Warum hast du mir nicht gesagt, dass du schon wieder fast pleite bist?", grinste DeCesto böse. „Dann hätte ich deinen Prokuristen nicht befragen müssen. Also pass auf, wie es laufen wird."

Der Plan war so simpel wie lukrativ: DeCesto würde Leonhard die Trockenbau-Arbeiten an der Konzerthalle zunächst ohne Gegenleistung verschaffen: 10 Millionen Euro Umsatz. Doch statt die Aufträge selbst auszuführen, sollte er Koslow als Subunternehmer engagieren. Der war mit 5 Millionen Euro zufrieden, für russische Verhältnisse sehr viel Geld, und er würde der LK-Trockenbau GmbH eine Proforma-Rechnung über 9,5 Millionen Euro ausstellen.

Leonhards Firma nähme also offiziell 10 Millionen ein und gäbe 9,5 Millionen aus. Es bliebe ein Gewinn von 500.000 Euro abzüglich weiterer Kosten zu versteuern. Da an Koslow aber nur 5 Millionen flossen, blieben 4,5 Millionen Euro übrig – irgendwo auf einem Konto in Russland, das DeCesto gehören würde. Der beanspruchte ein Drittel von dem Geld für sich. Von den restlichen 3 Millionen solle Leonhard zunächst seine Schulden bei DeCesto ablösen. Dann bliebe noch 1 Million übrig, und die dürfe sich Leonhard mit seinem Prokuristen teilen.

Was war das für ein Geschäft, das dieser Verrückte ihm vorschlug? Leonhard schnappte nach Luft. Das ging doch gar nicht. „Ha, Reginald, du hast echt keine Ahnung", raunzte er ihn von der Seite an. „Wenn ich Koslow den Ausbau überlasse, hat meine Firma als Hauptauftragnehmer noch immer die Gewährleistung am Hals."

Leonhard stellte sich schaudernd die von den Russen grob zusammengetackerte Innenauskleidung der Konzerthalle vor. Die würde flugs wieder zerfallen, und wer fing dann den Schaden auf? „Dieser Boris ist auf und davon, sobald er sein Geld hat", redete Leonhard sich weiter in Rage: „Glaubst du, den verfolge ich bis Sibirien? Also fällt die Gewährleistung auf mich zurück."

Ekel, ganz klar – und kein Mitleid, sondern Verachtung – las Leonhard aus DeCestos Blick. „Vergiss die Gewährleistung“, sagte er gelangweilt, „von einer insolventen GmbH ist nichts zu holen.“

„Das ist der Preis? Ich soll das Geld akzeptieren und dafür meine Firma opfern? Niemals!“, wollte Leonhard DeCesto entgegendonnern, doch es kam nur als Krächzen heraus.

„Wie dumm du bist“, hielt der ihm entgegen. „Sogar dein Prokurist hat erkannt, dass eure Baubude nicht zu retten ist. Und da schlägst du den lukrativen Abgang aus, den ich dir anbiete? Wie willst du mir denn jemals den Zwei-Millionen-Kredit zurückzahlen? Sei nicht dämlich.“

Und ob seine Firma noch zu retten war. Er begann doch gerade, wieder ins Geschäft zu kommen. Mit der Parfümeriemarkt-Kette würde es wieder aufwärts gehen. Verdammt, er hatte Vossner nicht zurückgerufen. Panik stieg in Leonhard auf. Er musste hier weg, schnell zurück. Er hatte noch so viel zu regeln. „Gib mir Zeit, das zu prüfen. Ich werde das nicht jetzt entscheiden, nicht so und nicht hier.“ Der kleine Mann hatte ihn zwar in der Hand, aber dafür wusste Leonhard über dessen Ausschreibungsbetrügereien Bescheid. Patt. Der konnte ihn zu gar nichts zwingen.

DeCestos Augen verengten sich. Er zögerte, doch schließlich sagte er: „Koslow bleibt bis Freitag. Überleg es dir gut.“

Sie gingen schweigend zum Wagen zurück. In kaum zwanzig Metern Entfernung zischte DeCesto endlich böse: „Du bist nicht kooperativ. Ich müsste dich eigentlich fallen lassen. Aber stattdessen habe ich dir unlängst schon wieder den Popo gerettet.“

„Ach ja?“, murmelte Leonhard unbehaglich. Da erklärte DeCesto frank und frei, er habe am Freitag Clemens Böttger aus dem Weg geschafft.

Entsetzt blieb Leonhard stehen. Das war der Kripo-Beamte, der seinerzeit in Sachen Diana-Therme ermittelt hatte. „Warum?“, rief er aus, „Und was hat das mit mir zu tun?“ Doch seine Nackenhaare sträubten sich, und er wusste es schon: An diesem Tag holten ihn die Schatten von Taunusbrunn ein.

„Faktopolis“, sagte DeCesto wie aufs Stichwort. „Die haben Böttger einen Anwalt auf den Hals gehetzt. Dann kam er zu mir gelaufen und hat gedroht, mich zu verraten, wenn ich ihm nicht noch einmal Geld gebe. Die kleine Ratte.“

„Und deshalb hast du ihn umgebracht?“, fragte Leonhard fassungslos.

Da breitete DeCesto die Arme aus und umtänzelte den Unternehmer wie Rumpelstilzchen das Feuer: „Das passiert mit Leuten, die mir drohen. Merk es dir gut.“

Leonhard brach aus dem Kreis aus, stolperte und fiel nach rechts gegen den hohen Drahtzaun. Schon trat der Pferdeschwanzmann ganz nah an ihn heran und legte ihm eine Hand an den Hals. „Weißt du, mein Freund“, flüsterte er ihm ins Gesicht und wirkte dabei überaus bedrohlich, auch wenn er auf Zehenspitzen stand, „ich habe ein Prinzip: Kläffen die Köter das erste Mal, gibt es Geld. Versucht aber einer, mir ans Bein zu pinkeln, dann werde ich … fantasievoller. Es ist Kunst – nein, Zauberei. Ich lasse ihn verschwinden.“ DeCesto ließ von Leonhards Kehle ab und schnipste mit den Fingern: „Spurlos.“ Dann trat er einen Schritt zurück und verbeugte sich wie Copperfield nach einem spektakulären Trick.

Der hatte doch nicht mehr alle Tassen im Schrank. Leonhard rieb sich den Hals und funkelte DeCesto zornig an: „Bleib mir vom Leib, ja!“

Doch der grinste nur kalt: „Willst du wissen, warum dieses Häufchen Elend namens Böttger solche Angst davor hatte, die Presse würde die Taunusbrunn-Geschichte wieder ausgraben?“

Den Autounfall, bei dem Inge Prust ums Leben gekommen war, den hatte DeCesto inszeniert. Er hatte es so aussehen lassen, als sei Böttger der Fahrer gewesen, und den dann damit erpresst: Sollte der je das Verlangen haben, die Ermittlungen zur Diana-Therme wieder aufzunehmen oder dazu auszusagen, würde DeCesto der Polizei Beweise für seine Bestechlichkeit und die vermeintliche Fahrerflucht in die Hände spielen.

Böttger hatte also dicht gehalten – bis ihn dieser Faktopolis-Anwalt am Freitag überraschend in die Mangel nahm und ihm ein Fehler unterlief. Keine Frage, dass DeCesto ihm nicht mehr trauen konnte. „Und als Nächster ist dieser Prust aus Taunusbrunn dran“, schloss DeCesto seinen perfiden Bericht. „Der Bürgermeister sorgt höchstpersönlich dafür, dass es wie Selbstmord aussieht.“

Leonhard hatte schon nach der Hälfte der Geschichte kaum mehr zugehört. Er sah das Auto vor sich. Er spürte den Zusammenprall. Er hörte, wie die Masse aus Fleisch und Knochen dumpf auf dem Asphalt schlug. Das zweite Mal an diesem Tag musste er sich übergeben, auch wenn sich nichts mehr in seinem Magen befand.

Während er gebeugt am Drahtzaun stand und würgte, hörte er Reginald lachen: „Kotz dich nur aus, dabei solltest du dich freuen. Wenn ich auffliege, käme auch dein Geheimnis heraus. Aber keine Angst, ich sorge schon dafür, dass keiner daran rührt."

Leonhard sank auf den Boden und ließ den Kopf in die Hände fallen. Als er wieder aufblickte, rauschte der schwarze Mercedes mit einem Lockenkopf am Steuer und einem Pferdeschwanz eng daneben schon auf und davon.

*

Die Stimmung auf der Baustelle in der Goethestraße befand sich kurz vor dem Siedepunkt. Bauleiter Berger nahm den Helm ab und rieb sich den Schweiß mit dem Ärmel seines Blaumanns aus dem Gesicht. Mit der schwarzen Dreckspur, die der Stoff hinterließ, sah er nun aus, als habe er Kriegsbemalung aufgelegt.

Herrn Vossner, dem Projektmanager auf Kundenseite, stieg prompt die Röte ins Gesicht: „Wie lange wollen Sie mich noch martern?", blaffte er Berger an. „Ich verlange eine Antwort!"

Berger tippte hektisch auf seinem Handy herum. Er versuchte schon zum zwanzigsten Mal, seinen Chef in der Firma oder mobil zu erreichen – nichts. Leonhard Kottenbaum schien verschwunden zu sein, und das ausgerechnet jetzt. Dieser Vossner, der brachte ihn völlig aus dem Konzept. Kunden, seufzte Berger innerlich; wie schön könnte doch die Arbeit sein, gäbe es nicht diese dummdreisten Kunden.

„Es gibt auch noch andere Firmen, und die kriegen das hin", drohte Vossner jetzt unverhohlen. Dabei wies er auf die verspiegelten Wände neben der großen Fläche, auf der Bergers Team gerade den überdimensionalen Mona-Lisa-Fotodruck anbrachte – dieses Mal nicht mit Gipskartondübeln, davon hatte sich der Bauleiter durch dreimaliges Kontrollieren überzeugt.

Kottenbaums Notlösung, das zerbrochene Mosaik durch einen Fotodruck zu ersetzen, war beim Kunden gut angekommen. Zu gut sogar, denn übers Wochenende hatte Vossner sich überlegt, nun ganz auf das Mosaik zu verzichten. Die Kosten, die er dadurch einzusparen gedachte, sollten sie für zwei weitere große Fotodrucke rechts und links von der Mona Lisa verwenden: Marilyn Monroe und Claudia Schiffer. Mit diesen Frauenbildern könnten sich die Kundinnen noch besser identifizieren. Eine neue Werbekampagne werde schon geplant: „Mona Lisa, Monroe, Schiffer – und Sie? Schönheit für alle vom Kopf bis zum Knie!"

Ein echter Schenkelklopfer, dachte Berger, aber was half's? Kottenbaum würde ihm den Kopf abreißen, wenn er jetzt einen Streit mit dem Kunden begann, der eben nie zu gewinnen war: Entweder der Kunde setzte sich durch – oder er haute mitsamt seinem Auftrag ab. So war das doch immer.

„Mensch, Berger, das kann doch nicht so schwer sein", polterte Vossner indes weiter, „nehmen Sie die paar Regale eben wieder ab. Dann kommen die neuen Fotodrucke an die Wand, meinetwegen auf die Spiegel. Regale wieder dran und fertig ist die Schose!"

Berger wischte sich erneut den Schweiß aus dem Gesicht, wobei er seine Kriegsbemalung durch zwei schwarze Streifen auf der Stirn vervollständigte. Er warf einen letzten Blick auf sein Handy, doch dann blieb ihm nichts anderes mehr übrig: Er musste vorsichtig die technischen Probleme erklären, die Vossners kleiner Kundenwunsch auslöste.

„Also erstens“, setzte Berger nervös an, „können wir Fotodrucke nicht auf den Spiegeln montieren. Zweitens: Die Statik – das müsste ich alles neu durchrechnen.“

„Na dann rechnen Sie“, fuhr Vossner mit beißendem Spott dazwischen. „Oder können Sie das auch nicht ohne Ihren Boss?“

Frechheit. Berger fixierte wieder sein Handy, und langsam wurde er böse auf Leonhard Kottenbaum. Was fiel dem ein, ihn so im Stich zu lassen? War der doch selbst schuld, wenn das hier den Bach runterging. Er jedenfalls würde sich nicht weiter vorführen lassen. Dass er sich vom Kunden auch noch beleidigen lassen musste, stand nicht in seinem Arbeitsvertrag. „Drittens“, fuhr Berger also mit erhobener Stimme fort, „ist es vollkommen naiv anzunehmen, wir könnten das noch bis zur Eröffnung schaffen.“ Und noch ehe der vom neuen Ton überraschte Vossner etwas entgegnen konnte, schloss Berger eine Spur kälter als notwendig noch sein Viertens an: „Im Übrigen frage ich mich, wer die Mehrkosten übernimmt. Sie sparen nämlich kein Geld für das Mosaik – das ist längst neu bestellt. Ich glaube nicht, dass wir das noch rückgängig machen können.“

Vossner starrte ihn böse an, doch Berger hielt seinem Blick stand. Es war alles völlig korrekt, was er gesagt hatte.

Vossner zischte: „Ich will sofort mit Ihrem Chef reden. Mal sehen, was der dazu sagt, wie unverschämt seine Leute zum Kunden sind.“

Da erschien ein dünnes, schadenfrohes Lächeln auf Bergers Gesicht. Er wies auf sein Handy und zuckte mit den Schultern: „Herr Kottenbaum ist leider gerade nicht zu sprechen.“

Doch – und das hatte Berger unterschätzt – war Vossner kein Mann, der mit eingekniffenem Schwanz den Rückzug antrat. Und so sagte der Kunde das Einzige, was er noch sagen konnte, um in dieser Situation sein Gesicht zu wahren: „Schrottfirma, ich hab's ja geahnt. Richten Sie dem Kottenbaum aus, er kann seine Scherbenhaufen künftig woanders zusammenfegen. Wir sind an weiteren Geschäften mit ihm nicht mehr interessiert."

Berger sah dem Kunden nach, der schnurstracks die Baustelle verließ, und sein kurzer Triumph wich einem mehr als mulmigen Gefühl. Hatte er das jetzt etwa vermasselt?

*

Kottenbaum brauchte mehr als eine Stunde bis in die Firma zurück. Als er dort aus dem Taxi sprang, waren seine Schuhe fleckig und staubbedeckt. Seine Hand zerknüllte den Kragen des Jacketts, und sein Hemd mit dunklen Flecken unter den Armen hing halb aus der Hose.

Vor seinen Mitarbeitern würde er sich so aufgelöst nicht zeigen können. Also stieg er sofort in seinen Geländewagen. Er musste nachdenken, dringend, und dafür gab es keinen besseren Ort als seine Yacht.

Dort angekommen kramte er als Erstes sein zur Sicherheit immer an Bord verstautes Ersatzhandy hervor und rief endlich Vossner von der Parfümeriemarkt-Kette zurück. So erfuhr er von dem Kunden höchstpersönlich, dass der genau das die längste Zeit gewesen war. Die Folgeaufträge könne er vergessen, erklärte Vossner noch immer wütend und ließ darüber nicht weiter mit sich reden.

Langsam ließ Leonhard das Handy sinken. Jetzt machte er sich nichts mehr vor. Ohne diesen Kunden würde er den Betrieb nicht mehr retten können. Aber sollte er deshalb DeCestos Plan annehmen? Er wollte das nicht. Und ohnehin würde nichts daraus, wenn dieser „Retter" ihn noch weiter an die Presse verriet.

Stundenlang saß Leonhard auf der Yacht, und seine Gedanken drehten sich im Kreis, immer schneller und schneller wie ein Strudel, der ihn in die Tiefe zog. Er sah keinen Ausweg. Er dachte sogar daran, sich einfach in den Main zu stürzen. Doch inzwischen glaubte er nicht einmal mehr, dass man im Grab seine Ruhe fand.

Es wurde Abend, bis ihm schließlich eine vage Idee kam, wie er zumindest den „Retter" entlarven und dann vielleicht stoppen konnte. Das gab ihm verzweifelte Hoffnung, wenn schon nicht seine Firma, so zumindest sich selbst noch vor dem Verhängnis zu retten. Also raste er in die Stadt zurück.

Er parkte nicht auf der Speicherstraße, sondern versteckt am Ende des Karpfenwegs. Als er über den Flusskrebssteg hinüber zum Bachforellenweg lief, fühlte er nur noch Entschlossenheit in sich. Nach Feierabend hatten sich die Geschäftsleute längst aus dem Westhafen verzogen. Er schlich an den Fassaden entlang, hinter denen sich leere Büros verbargen. Der Main strömte breit und düster dahin. Sein Glitzern kam Leonhard gefährlich vor.

Von der Yacht hatte er seinen Regenmantel mitgenommen. Er zog sich die Kapuze tief ins Gesicht. Er wusste, in welchem Gebäude der Faktopolis-Verlag zu finden war. Als er vor der Hintertür stand, zog er den kleinen, schweren Rettungshammer aus der Manteltasche und schlug ohne Zögern die Scheibe ein.

Es klirrte. Er sprang zurück, ging in Deckung und wartete – nichts. Das gab es auf seinen Baustellen nicht, dass ein Gewerberaum im Erdgeschoss keine Alarmsirene bekam. Doch die Überwachungskamera dort im Hof surrte, und er wusste genau, es blieben ihm nur wenige Minuten Zeit.

Ihr Büro zu finden, dauerte nicht lang: Marina Blau – da stand es an der Tür. Leonhard trat ein und fuhr den PC hoch. Das Passwort klebte unter einem Stück Tesafilm an der linken Innenwand der Schreibtischschublade – wie schön, dass diese Journalistin in Sachen Sicherheit weit weniger kreativ als beim Recherchieren war.

Draußen näherte sich ein Martinshorn, als er sie entdeckte: drei kurze Texte, in denen sein Name stand, geschrieben von Gabriel@anonym-x.com. Er hatte die Mails des „Retters" mit eigenen Augen lesen wollen, um ihn vielleicht an irgendeinem Detail zu erkennen. Jetzt starrte er die Buchstaben an, bis er es glauben konnte, denn tatsächlich wusste er sofort, wer sich hinter diesem Pseudonym verbarg. Hektisch löschte er die drei Mails, als könne er damit noch irgendetwas ungeschehen machen. Dann schaltete er den Computer aus, indem er kurzerhand den Stecker zog, und entkam über die Promenade, noch bevor die Polizei vor dem Gebäude eintraf.

Ohne ortsnahen Wachdienst hätten die sich auch die Überwachungskamera sparen können. Nur dieser hämische Gedanke bewahrte Kottenbaum davor, seinem Zorn sofort freien Lauf zu lassen. Doch der kroch ihm bereits aus der Seele, fraß sich rot in sein Herz, strömte ihm heiß in den Bauch, und er schämte sich schon jetzt dafür, dass er sich dieses Mal nicht unter Kontrolle haben würde.

*

Auch von zu Hause aus konnte Marina auf ihre E-Mails zugreifen. Jemand hatte die ersten Gabriel-Mails gelöscht, registrierte sie verwundert. Doch wer auch immer sich in ihr Postfach geschlichen hatte – er war zu früh gekommen. Gebannt starrte sie auf die neue Nachricht von Gabriel@anonym-x.com, die erst vor wenigen Minuten eingegangen war, so dass der Eindringling sie verpasst hatte:

Kann ich Ihnen vertrauen? Ich hoffe es sehr, denn ich sehe keine andere Möglichkeit. Leonhard Kottenbaum wird Ihnen sagen, was Sie wissen wollen, wenn Sie ihm den Kontoauszug im Anhang dieser Mail zeigen. Er wird nicht riskieren, dass die Steuerfahndung diese Daten bekommt, bevor er sich selbst anzeigen kann – aber das wissen Sie ja. Bitte seien Sie vorsichtig. Der Auszug darf nicht in falsche Hände gelangen, denn eine Hand wäscht die andere, und wenn Sie Leonhard Kottenbaum die Chance zur Selbstanzeige zerstören, dann werden Sie auch nie erfahren, was an der Ausschreibung in Bad Taunusbrunn faul gewesen ist. Ich vertraue Ihnen. Enttäuschen Sie mich nicht.

Bingo, dachte Marina befriedigt und öffnete den Anhang. Der Scan zeigte den Auszug eines Liechtensteiner Bankkontos mit dem Kontostand und sämtlichen Stammdaten vom Namen des Kontoinhabers, der mit LK-Stiftung angegeben war, bis hin zu dem Tag der Kontoeröffnung.

In aller Ruhe druckte Marina die Mail samt Anhang aus und brannte sie zudem auf zwei CD-ROMs. Dann streckte sie sich wie ein Fußballspieler, der nach dem wichtigsten Tor der Saison die Arme hochriss, voller Genugtuung darüber, dass er es denen zeigte, die nicht mehr an ihn glauben wollten.

Ihr Spiel war nicht aus, im Gegenteil: Jetzt würde es erst richtig beginnen.

DIENSTAG

Schon am frühen Morgen verließ Leonhard Kottenbaum das Haus, ohne Karin oder Claus zu wecken. Er hatte in der Nacht kein Auge zugetan. Seine Vermutung war richtig gewesen. Der anonyme Gabriel würde keinen weiteren Schaden anrichten, dafür hatte er gesorgt. Doch er empfand keine Erleichterung.

Er hieb mit der Faust auf das Lenkrad, der Schmerz ließ ihn aufstöhnen, und sein Körper erinnerte sich, wie er in der Nacht getobt hatte. Er würde schlafen müssen, denn so konnte er keinen klaren Gedanken fassen, wie es nun weiterging mit ihm. Es gab aber nur einen Ort, an dem ihm das gelingen würde.

Der Anruf weckte Leonhard am späten Vormittag. Er setzte die Füße auf den Schiffsboden und taumelte, als er sich erhob. Die leichte Dünung, die ihn auf seiner Yacht in den Schlaf gewiegt hatte, kam ihm plötzlich wie ein haltloses Schwanken vor, und er fragte sich, ob auch der Main von dem bedrohlichen Klingeln gestört worden war.

Als er ihre Stimme hörte, hätte er am liebsten wieder aufgelegt. Mit jedem ihrer Worte kehrte das Grauen zurück. Nichts war vorbei, er hatte sich geirrt. Gabriel hatte es getan, noch bevor Leonhard den scheinheiligen Erzengel von seinem Thron gerissen hatte. Er hätte wissen müssen, dass diese Möglichkeit bestand. Doch in seiner rasenden Wut hatte er keine Fragen gestellt und somit auch nicht die Antwort bekommen, mit der er sich auf dieses Gespräch mit der Journalistin hätte vorbereiten können.

Jetzt arbeitete sein Hirn fieberhaft. Er versprach ihr, was sie hören wollte, und sie schöpfte keinen Verdacht, als er ein Treffen am Abend vorschlug. Sie war sogar bereit, hierher auf die Yacht zu kommen, und zwar allein. Da er wusste, dass sie nicht dumm war, nahm er an, der Triumph habe ihr die Sinne vernebelt.

Doch Hochmut kommt vor dem Fall, hatte sein Vater ihm das nicht ständig ins Gesicht gedonnert? Leonhard ballte die Fäuste, nachdem das kurze Gespräch beendet war. Er war nicht schuld daran, dass sein Betrieb den Bach hinunterging. Das verdankte er Gabriel. Der hatte ihn abgelenkt, ihn dazu getrieben, den Parfümeriemarkt-Kunden zu vernachlässigen, bis er ihn schlussendlich verlor.

Doch er konnte noch immer von vorn beginnen, wieder neu anfangen, irgendwo. Er musste nur verhindern, dass die Bombe platzte, mit deren Zünder diese Marina Blau so unbedarft spielte. Er würde ihr die Beweise ganz einfach wieder abnehmen. Natürlich war das ein Spiel mit dem Feuer. Aber jetzt hatte er nun wirklich nichts mehr zu verlieren. Er nahm sein Handy und rief DeCesto an.

*

„Ich hab's geschafft." Marina fuchtelte mit einem Umschlag vor Eves Augen herum.

Die ging in Deckung: „Kein Grund, mich zu erschlagen."

Ungerührt trat Marina in Eves Wohnung und erzählte der Freundin von der Mail mit dem Kontoauszug und dass Kottenbaum endlich eingewilligt hatte, ihr die Wahrheit über die Taunusbrunn-Ausschreibung zu erzählen. Um 20 Uhr würde sie sich mit ihm auf seinem Boot am Schwanheimer Ufer treffen.

„Du willst allein dahingehen?“, fragte Eve erschrocken. „Das ist doch viel zu gefährlich.“

Marina wedelte wieder mit dem Umschlag in ihrer Hand: „Ist es nicht, denn er weiß, dass die Mail mit dem Kontoauszug an einem sicheren Ort hinterlegt ist. Passiert mir etwas, geht das Material sofort an die Polizei. Dahin wirst du es nämlich bringen, aber das habe ich natürlich für mich behalten.“

Eve war nicht wohl dabei. „Verstehe ich das richtig?“, hakte sie nach. „Tobias denkt, du machst Urlaub? Aber in Wahrheit ziehst du die Sache einfach allein weiter durch?“

„Keine Ahnung, was Tobias denkt, er redet ja nicht mehr mit mir.“ Marina konnte sich im Grunde nicht vorstellen, er habe ihr das mit dem Urlaub abgenommen. Er kannte sie doch.

Eve runzelte die Stirn. Was, wenn Marina etwas geschah und Tobias herausfand, dass sie in deren gefährlichen Plan eingeweiht gewesen war?

„Kein Wort wirst du dem Herrn Chefredakteur verraten“, erriet Marina ihre Gedanken.

„Na schön“, zuckte die Freundin mit den Schultern, „ich kann dich ja doch nicht aufhalten.“ Was hätte Eve auch sonst sagen sollen? Was sie guten Gewissens tun konnte, war ihr zum Glück längst eingefallen.

*

Pünktlich um acht Uhr am Abend betrat Marina festen Schritts den Steg, an dem die Linssen Grand Sturdy vertäut lag. Sie sprang beherzt über den kleinen Abgrund, der sie noch von den schwankenden Planken trennte, und öffnete die Kabinentür. „Guten Abend, Herr Kottenbaum“, grüßte sie forsch, doch innerlich erschrak sie.

Wo war der aufrechte Unternehmer geblieben, der sie erst gestern so eiskalt abgefertigt hatte? Dort saß ein gebeugter Mann mit aschfahlem Gesicht und eingefallenen Wangen. Allein seine stark geröteten Augen traten hervor und blickten ihr hasserfüllt entgegen.

„Bringen wir es hinter uns“, sagte Marina schnell. Sie setzte sich ihm gegenüber mit dem Rücken zum Steg und schaute auf den träge dahinfließenden Main.

Nach einer Weile begann Kottenbaum zu sprechen. In abgehackten Sätzen kam das, was er ihr als Wahrheit anzubieten hatte, ans schwindende Tageslicht. Als die Sonne vollends unterging und die goldene Maske des Mains in düsteren Wogen versank, war auch sein glänzendes Image vernichtet.

Kottenbaum bestätigte, was Marina richtig vermutet hatte. Bei der Ausschreibung der Diana-Therme sei er um den Zuschlag betrogen worden. Max Schulze-Pohl habe den Auftrag durch Bestechung erlangt. Deshalb – und nicht etwa wegen der frei erfundenen Affäre mit Karin – habe Kottenbaum seinen alten Freund sowie den Drahtzieher der Manipulationen angezeigt. Ob sie sich an Reginald DeCesto erinnere, den Mann, dem sie in seinem Betrieb begegnet sei?

Marina nickte: „Das ist jener Drahtzieher?“ Sie dachte an ihr Erlebnis in dem Speichergebäude, und Wut machte sich in ihr breit. Den würde sie an den Haaren zur Polizei schleifen.

Kottenbaum grinste höhnisch: „Genau. Und jetzt glauben Sie, wozu der fähig ist, hätten Sie schon am eigenen Leib erfahren? Keine Ahnung haben Sie.“

Wäre er dieser zischelnden Schlange doch nie begegnet. DeCesto habe ihm seinerzeit den Apfel gereicht: Zwei Millionen Euro, und zwar als Schwarzgeldkredit, um seine damals schon angeschlagene Firma trotz des Verlusts der Thermalbad-Aufträge zu retten. Voller Zorn auf die Zustände, die solche Machenschaften zuließen, habe Kottenbaum nach der verbotenen Frucht gegriffen und seine Anzeige zurückgezogen. Doch das Schicksal hatte ganz folgerichtig auch die Vertreibung aus dem Paradies mit ihm gespielt.

Kottenbaum zahlte das Geld – nämlich den Großteil von DeCestos illegalen Bareinnahmen im Zusammenhang mit der Diana-Therme – in Liechtenstein auf ein Konto ein. Eine Million floss über ein Scheingeschäft mit einer von DeCestos Auslandsfirmen auf das Betriebskonto der LK-Trockenbau GmbH zurück, so dass die Firma wieder liquide war. Die andere Million verblieb in Vaduz. Zu acht Prozent und am Fiskus vorbei angelegt, konnte sie sich in neun Jahren verdoppeln. Dann sollte Kottenbaum DeCesto den Kredit zurückzahlen. Soweit der Plan, doch der sei gründlich schiefgegangen. Das Geld in Liechtenstein sei nämlich längst aufgebraucht und sein Betrieb dennoch so gut wie pleite.

„Spielen Sie Märchenstunde mit mir?“, fragte Marina alarmiert. Sie öffnete ihre Tasche und legte den Ausdruck seines Kontoauszugs auf den Tisch. Der wies noch zwei Millionen Euro aus. Doch Kottenbaum tippte auf das Datum: „Das ist der Auszug vom Tag der Kontoeröffnung.“

Marina konnte es kaum fassen – vor ihr saß ein armer Mann? Aber das Haus, die Yacht …? Kottenbaum schien ihre Gedanken zu lesen: „Alles verpfändet, schon lange.“

„Und warum erzählen Sie mir das jetzt, Herr Kottenbaum, nachdem Sie tagelang den Großkapitalisten gespielt haben?“, fragte Marina scharf. „Denken Sie, ich vergesse Ihre Steuerhinterziehung aus Mitleid? Weil Sie – angeblich – kein Geld mehr haben, um sich mit einer Selbstanzeige von der Strafe freizukaufen?“

„Ich brauche Ihr Mitleid nicht“, fuhr er sie an, „ich mache hier nur reinen Tisch. Es gibt übrigens noch ein paar Dinge, die Sie über DeCesto wissen sollten …“

Brocken für Brocken würgte er die Geschichten von DeCestos Morden an Inge Prust und Clemens Böttger heraus. Marina hörte den Abscheu in seiner Stimme. Sie dachte wieder an den Speicher, und sie zweifelte nicht daran, dass der Unternehmer die Wahrheit sprach. „Sie müssen ihn anzeigen“, beschwor sie ihn, „haben Sie irgendwelche Beweise?“

Aber Kottenbaum schüttelte den Kopf. „Und wissen Sie, was das Schärfste ist?“, fragte er dann tonlos, doch seine Augen begannen böse zu glitzern. „Genau jetzt zieht DeCesto so etwas schon wieder durch.“ Er erzählte ihr von der aktuellen Ausschreibung der Konzerthalle. DeCesto würde sich wieder an Bestechungsgeldern bereichern. Kein einziger Bieter bekäme den Zuschlag ohne Deal mit ihm.

Das wurde ja immer besser. „Herr Kottenbaum, Ihnen ist klar, dass die Polizei das alles erfahren muss?“

Da griff der Unternehmer hinter sich, zog einen Umschlag hervor und ließ ihn über den Tisch segeln: „Meine Aussage, Frau Blau. Sie werden gewiss das Richtige damit tun.“

Marina öffnete den Umschlag. Sechs Seiten Computerausdruck fielen ihr entgegen. Er hatte alles, was er über

DeCesto wusste, Wort für Wort notiert. Marina ließ die Papiere in ihre Tasche gleiten. „Vielen Dank. Sie werden dennoch mit mir zur Polizei kommen müssen. Wie schnell können Sie Ihre Selbstanzeige auf den Weg bringen?"

Warum sah er sie so an wie der Angler den Fisch, der den Köder verschluckt? Kaum fragte Marina sich das irritiert, da lachte Kottenbaum ihr schon ins Gesicht: „Es wird keine Selbstanzeige geben. Und für Sie, Frau Blau, ist hier Endstation. Sie haben erfahren, was sie so dringend wissen wollten, und das vergessen Sie jetzt wieder. Keine Reportage, kein Wort zu irgendwem und erst recht nicht zur Polizei oder Steuerfahndung."

„Sie übersehen eine Kleinigkeit", gab Marina überrascht zurück – der war wohl verrückt geworden. „Selbst wenn ich mich von Ihnen einschüchtern lassen würde, was nicht der Fall ist, dann zeigt der anonyme E-Mail-Schreiber Sie an."

„Gabriel", nickte Kottenbaum böse. Sofort wusste Marina, dass es der Unternehmer gewesen war, der ihr Postfach manipuliert hatte. „Machen Sie sich keine Hoffnungen", sagte er und starrte hinüber zum Steg, „Gabriel gibt es nicht mehr." Er sprang auf, und ehe Marina sich versah, hatten sich zwei eiserne Klammern um ihren Hals gelegt. „Mit diesen Händen habe ich ihn zerfetzt", hörte sie ihn zischen, „der ist jetzt still."

So plötzlich wie der Angriff gekommen war, ließ er wieder von ihr ab. Marina flüchtete aus der Holzbank: „Was fällt Ihnen ein!" Er versperrte ihr den Weg zur Kabinentür. Ganz ruhig, sprach sie sich selbst Mut zu. Wie stark er wohl war? Hatte sie gegen ihn eine Chance?

„Wollen Sie gar nicht wissen, wer Gabriel war? Wo bleibt Ihre Neugier?", höhnte er und richtete sich dabei zu seiner vollen Größe auf. Fast konnte sie wieder den Mann erkennen, der er bis gestern gewesen war. „In meinem Schlafzimmer habe ich ihn gefunden“, sprach Kottenbaum weiter, und ein verachtungsvoller Zug huschte über sein Gesicht. „Gabriel ist der Erzengel auf der Ikone, die meine Frau so liebt. Tja, damit hat sie sich verraten.“

„Ihre Frau hat mir diese Mails geschickt? Warum?“, fragte Marina so überrascht, dass sie für einen Moment sogar ihre Angst vergaß.

„Sie wollte mich zur Selbstanzeige zwingen. Sie dachte, um die dann sofort fällige Steuernachzahlung aufzubringen, würde ich den Betrieb verkaufen können. Sie glaubte im Ernst, dann würden wir wieder eine glückliche Familie. Aber das denkt sie jetzt nicht mehr, jetzt weiß sie Bescheid. Und Gabriel, der ist verstummt.“

Also blieb Marina nur ihr letzter Trumpf: „Aber mich können Sie nicht zum Schweigen bringen. Denn wenn mir etwas geschieht, wird Ihr Kontoauszug sofort an die Behörden gehen.“

„Das wird er nicht, denn wir fahren jetzt in dein Büro und löschen diese letzte Mail von … Gabriel!“

„Für wie dumm halten Sie mich? Dort finden Sie nichts. Ich habe aber zwei Kopien an sicheren Stellen hinterlegt.“

Er grinste: „Zwei. Das wollte ich wissen. Eine in deiner Wohnung? Und die andere? Du wirst mir beide noch heute Nacht aushändigen.“

„Und warum sollte ich Ihnen meine Lebensversicherung überlassen?“, fragte Marina noch tapfer, doch er schaute an ihr vorbei und gab mit dem Daumen ein Zeichen. Dann sagte er, ohne den Blick vom Steg zu wenden: „Das hat dir deine unersättliche Neugier eingebrockt. Dreh dich mal um.“

Marina tat es und erschrak. Zwei Männer standen vor der Yacht, ein weiterer setzte gerade zum Sprung auf den Bug an: Reginald DeCesto.

Sie solle tun, was er verlange, wies Kottenbaum sie eilig an. Wenn nicht, würde er DeCestó sagen, dass sie über ihn und sein neuestes Geschäft Bescheid wisse. Der Beweis stecke ja in ihrer Tasche: der Umschlag mit dem Bericht. DeCesto würde nicht zögern, sie beide sofort zu töten – da war er nicht zimperlich. Sie habe also nur eine Chance, ihrer beider Leben zu retten: die Kopien herauszurücken und dann zu vergessen, dass sie ihm jemals begegnet sei.

*

An diesem Abend hatte DeCesto den blonden Jungen zu Hause gelassen. Die beiden Gorillas an seiner Seite warteten auf Befehle. Er schickte den einen zum Steuerstand des Schiffs: „Fahr hinüber zum Westhafen!" Der andere machte die Leinen los, und die Yacht legte ab.

Der kleine Mann baute sich breitbeinig vor der Journalistin auf, die ihre Tasche umklammert hielt. „Hast du's rausgekriegt?", fragt er Kottenbaum. „Ja", nickte Leonhard, „sie hat zwei Sicherheitskopien, eine davon wohl in ihrer Wohnung."

„Wo ist die andere?", wandte sich DeCesto an die Frau, doch die starrte ihn nur wütend an. Er seufzte, als würde seine Geduld auf eine harte Probe gestellt: „Frau Blau, ich habe meinem … Freund zugesagt, ihm die Unterlagen wiederzubeschaffen. Wissen Sie, er zahlt gut dafür."

Leonhard tat so, als habe er den verächtlichen Seitenblick seines Verbündeten nicht bemerkt. Der Preis für dessen Unterstützung war, dass er das Geschäft mit dem Russen machte. Sei es drum. Er konnte sein Unternehmen nicht mehr retten, nur noch sich selbst.

Doch Marina Blau schwieg.

Da griff ihr der Gorilla, der nicht am Steuer stand, ins Haar und zog die Frau zu sich, bis ihr Ohr an seinem Mund lag. „Wo hast du sie versteckt?“ Seine heisere Stimme ließ sie erschaudern.

„Loslassen, du Schwein!“, schrie sie ihn dennoch an und trat ihm dabei auf den Fuß, aber natürlich war sie chancenlos. Der Gorilla schlug ihr ins Gesicht.

DeCesto gab Leonhard einen Wink, mit ihm vor die Tür der Kajüte zu treten. „Wenn du die Kontoauszüge wiederhast, überlässt du die Frau uns.“

„Was hast du vor?“, fragte Leonhard alarmiert.

Statt einer Antwort zog er ein Papier aus seiner Tasche. Es war ein Abschiedsbrief, aus dem hervorging, dass Marina Blau ihren Selbstmord plante. Nur ihre Unterschrift fehlte noch. Aber DeCesto verfügte gewiss über Methoden, diese von der noch lebenden Frau zu bekommen.

„Du kannst doch nicht …“, suchte Leonhard entsetzt nach Worten. Das hatte er nicht gewollt. DeCesto sollte der Journalistin die Beweise abnehmen und sie einschüchtern, damit sie von ihm abließ. Nur das war Inhalt seines Deals mit ihm.

„Schon so alt und noch immer naiv“, schüttelte DeCesto verächtlich seinen Kopf. „Und wenn sie morgen auch ohne Beweise gegen dich zur Polizei rennt? Dann bringt sie dort auch meinen Namen ins Spiel. Denkst du armselige Kreatur wirklich, ich gehe dieses Risiko ein?“

Nein, das glaubte Leonhard nicht. Inzwischen fuhr die Yacht unter der Schwanheimer Brücke durch. Es war dunkel. Der Schein der wenigen Laternen am Ufer erreichte sie nicht. DeCesto ging ins Innere der Yacht zurück.

Leonhard starrte auf das Wasser, das so schwarz war wie sein Gewissen. Hatte er denn wirklich etwas anderes erwartet? War es ihm nicht vielmehr ganz gleich gewesen, was mit dieser Blau geschah, wenn er nur den belastenden Kontoauszug und damit seinen Freifahrtschein in ein neues Leben bekam? Er kannte DeCesto doch.

Tiefes Entsetzen ergriff ihn, und zwar über sich selbst. Es war wieder sein Zorn gewesen, der ihn benebelt hatte. Sein Zorn wegen der Hartnäckigkeit, mit der diese Frau ihn verfolgte, was ihm so ungerecht vorkam, weil er doch auch nur ein Opfer war.

Er würde also wieder Schuld auf sich laden. Doch dieses Mal gab es keine Entschuldigung. Er hatte sie mit Absicht in die lebensgefährliche Falle gelockt. Das wäre dann also – Beihilfe zum Mord. Leonhard schlug sich die Hände vors Gesicht und ging fast in die Knie, so schwer traf ihn die Erkenntnis. Aber was sollte, was konnte er jetzt noch tun?

Ein langes, schweres Frachtschiff kam ihnen flussabwärts entgegen. Und dann ging alles ganz schnell. Plötzlich stürmte Marina aus der Tür, die Tasche noch immer eng an sich gepresst. Der überrumpelte Gorilla folgte ihr auf den Fuß und hatte sie schon fast erwischt. Da warf sich Leonhard ihm in den Weg: „Ich bin kein Mörder! Lasst sie in Ruhe."

Der Mann brauchte nur drei Sekunden, um ihn abzuschütteln. Doch die reichten Marina als Vorsprung aus. In dem Moment, als auch DeCesto an Deck erschien, sprang sie über die Reling in den Main.

„Verflucht, da herüber", schrie der Gorilla und machte dem anderen am Steuer Zeichen, die Geschwindigkeit zu drosseln. Doch es war zu spät. Der Frachter, der ihnen entgegenkam, trieb seinen Bug in Richtung der Stelle, an der Marina eingetaucht war. Die Yacht musste nach steuerbord ausweichen, und wie ein sich langsam schließender Theatervorhang schob sich die dunkle Schiffswand ins Bild.

„Die ist hin“, ließ sich DeCesto vernehmen, „schade drum. Ich hätte meinen Leuten noch Spaß mit ihr gegönnt.“

„Du Monster!“, fuhr Leonhard ihn an. Reginald musterte ihn mit einem Blick, der ihm noch vor fünf Minuten das Blut in den Adern hätte gefrieren lassen. Doch jetzt konnte er Leonhard nichts mehr anhaben. Der Unternehmer wusste, dass er endgültig verloren hatte. Konnte Marina Blau sich retten, würde sie ihn anzeigen. Wenn nicht, übergab derjenige, den sie nicht verraten hatte, den Kontoauszug den Behörden, und alles, was er getan hatte, würde auffliegen.

„Weißt du was, du Pferdeschwanzmännchen“, schleuderte er Reginald ohne jede Furcht ins Gesicht, „du solltest beten, dass sie ertrinkt. Wenn nicht – und das hoffe ich –, säufst du nämlich selbst ab. Sie weiß über dich Bescheid. Ich habe ihr alles erzählt und gedroht, dass ein Wort von mir ausreicht, damit du sie wegen dieses Wissens umbringst. Das war meine Versicherung, damit sie erkennt, dass sie bei unser beider Leben zu schweigen hat.“

Erst zuckte es nur in Reginalds Gesicht, dann schlich sich Erstaunen in seinen Blick. Der hochmütige Ausdruck verschwand, und seine Züge zerliefen zu einer unbeherrschten Fratze, als er das erste Mal, seit Leonhard ihn kannte, die Fassung verlor.

Er hatte ihm die Maske heruntergerissen! Tiefe Genugtuung darüber, dass der Teufel ihm sein wahres Gesicht zeigen musste, war das Letzte, was Kottenbaum empfand. Dann traf ihn ein dumpfer Schlag, und sein Bewusstsein schwand.

*

Der Schock nach dem Sprung erwischte sie eiskalt. Gerade lockte das glitzernde Wasser noch. Jetzt krachte es ihr hart gegen die Brust, verschlug ihr frostig den Atem. Ihr Körper glitt hinab, strudelnd und haltlos wie ein Flusskieselstein.

Und dann griff der Main nach ihr. Er packte sie sanft, aber unerbittlich. Er zog sie bis auf den Grund in sein dunkles, aufgewühltes Bett. Aber sie wehrte sich, sie ergab sich nicht, und sie stieß sich mit allerletzter Kraft ab, bis ihr Kopf wieder aus dem Wasser schnellte. Gierig sog Marina die kühle Luft ein. Sie hatte es auf die andere Seite des Frachtschiffs geschafft, das sie von der Yacht abschirmte. Jetzt musste sie nur noch das rechte Mainufer erreichen.

Doch der Fluss mochte sie nicht verlieren. Er hielt sie umschlungen und zog sie mit sich fort, so sehr sie sich auch nach dem Land hin streckte. Schon sah sie das Ende der Frachterstahlwand, und dann hörte sie das Brummen, und sie spürte den neuen Sog, noch ganz leicht nur, aber zunehmend: die Schiffsschraube! Ein Schrei entfuhr ihrem Mund, und sie schwamm mit aller Kraft, als etwas Dunkles nach ihr griff. Sie spürte Hände, sie schlug um sich, doch sie entkam ihnen nicht.

„Marina, halt still!“, tönte es scharf aus dem Schatten. Sie erstarrte, als sie die Stimme erkannte, ja sie vergaß sogar für einen Moment das Strampeln. Doch Zeit fürs Begreifen ließ Jakob ihr nicht. „Bleib ruhig“, befahl er knapp, „und lass deine Tasche endlich fallen.“

Verwirrt blickte Marina auf ihre Hand, die tatsächlich noch den Riemen umklammert hielt, und jetzt spürte sie die Last des nassschweren Stoffes, den sie wie einen Anker hinter sich herschleppte. Würde es den Flussgott versöhnlicher stimmen, wenn sie ihm ihre persönlichen Schätze übergab? Sie ließ los.

„Spar Kraft“, rief Jakob und wies nach vorn. „Dort vorn kommen wir raus aus der Strömung. Wenn ich es sage, schwimmst du dahin!“ Es ging um Sekunden. Schon sah Marina schräg vor sich etwas aus dem Wasser ragen, da hörte sie auch schon Jakobs angespanntes Kommando: „Jetzt!“

Er schnellte an ihr vorbei, erreichte die Zweige, die ein Baum dort weit über den Wasserspiegel schob. Doch Marina würde knapp an dem Ausstieg vorbeitreiben. Da warf er sich mit dem halben Körper zurück in den Main, erwischte ihren Arm und zog, bis sie selbst einen Halt an den Ästen fand.

„Greif nach vorn“, befahl Jakob. Er ließ sie nicht los, bis sie steinigen Grund unter den Füßen spürten und sich ans Ufer gehangelt hatten. Erschöpft sank Marina auf den Kies. Auch Jakob rang nach Atem. Er ließ sich neben sie fallen, und weil sie so zitterte, nahm er sie fest in den Arm.

„Das war knapp“, stieß Jakob nach einer Weile hervor.

Marina nickte. Sie hatte ihre Brille verloren und blickte nun angestrengt auf den Main hinaus, der wie unberührt im spärlichen Licht der Nacht glitzerte. Ans Ufer rollten die letzten Wellen aus der Spur des Frachters. Von der Yacht war nichts mehr zu sehen.

Jakobs Arme umfassten sie noch immer, doch er behielt seine Wärme für sich. Sie spürte nur feuchtes Neopren.

„Kannst du hellsehen?“, fragte sie und berührte seinen Schwimmanzug, der ihm schwarz und eng vom Knöchel bis zum Handgelenk um den Körper lag.

„Dann wäre ich nicht ohne Flossen und Tauchermaske gekommen“, gab er knurrend zurück. „Sag mal, bist du lebensmüde?“

„Was hätte ich denn tun sollen?“, fragte Marina bebend. „Du hast doch bestimmt alles mitbekommen. Du hattest dich an Bord versteckt, oder?“

Er nickte. „Deine Freundin Eve hat mich angerufen. Ich musste versprechen, ein Auge auf dich zu haben, also habe ich von außen gelauscht und mich an der Leiter festgeklammert. Daher der Schwimmanzug. So was trägt man auch, wenn man tagsüber auf die Helden aufpasst, die im Main baden gehen. Hält schön warm.“ Wie aufs Stichwort zog er sie noch enger heran, was Marina nur noch mehr zittern ließ.

„Ich musste springen“, sagte sie entschieden, „die wollten meine Kopien, und eine davon hat Eve. Ich konnte sie doch nicht auch noch in Gefahr bringen.“ Schon spukte Marina wieder der Speicher durch den Sinn, und sie atmete heftig aus: „Dieses Mal trugen sie keine Masken. Ich weiß, was das heißt. Im Main besaß ich wenigstens eine Chance.“

Jakob nickte langsam, und bevor er aufsprang, strich er ihr noch einmal über das nasse Haar. „Okay, genug davon“, herrschte er sie dann an und schien schon wieder ganz der alte zu sein. „Du frierst, und wir müssen zur Polizei!“

Er öffnete eine Tasche am Bein seines Schwimmanzugs und zog seine Schlüssel sowie ein Handy hervor. Die nächste Straße war schnell gefunden. Jakob wählte 110, und wenige Minuten später durchbrach das Blaulicht die Dunkelheit.

Der Streifenwagen brachte sie zum Polizeirevier im nahen Gallusviertel. Dort gab es Decken und heißen Kaffee, nach einer Weile sogar ein paar trockene Sachen. Der Dienststellenleiter löste die Fahndung nach DeCesto und Kottenbaum aus. Er nahm Marinas Aussage auf. Jakobs Freund Jens Wintermann von der Staatsanwaltschaft, der für die Ausschreibungsbetrügereien zuständig war, wurde informiert. Er bestellte Marina und Jakob für den nächsten Morgen zu sich ins Büro.

Dann lehnte sich der Polizeibeamte zurück, gähnte verstohlen und sah Marina prüfend an: „Was mache ich jetzt mit Ihnen, junge Frau? Nach Hause gehen Sie besser nicht, solange wir die Typen nicht gefasst haben. Schutzhaft? Oder können Sie irgendwo unterkommen?“

„Bei mir“, antwortete Jakob schnell, „damit wird niemand rechnen.“ Marina sah ihn überrascht an, widersprach aber nicht. Die Aussicht auf eine Nacht in der Zelle war wenig verlockend.

Ein letzter Anruf bei Eve, damit die sich keine Sorgen machte – und nicht erschrak, wenn gleich die Polizei bei ihr erschien, um Kottenbaums Kontoauszug sicherzustellen. Dann durften sie gehen.

*

Es war schon fast Mitternacht, als sie endlich aus dem Revier auf die Straße traten. Marina zog den Reißverschluss der grauen, groben Strickjacke, die ein Polizist ihr geliehen hatte, noch etwas höher. Der Mond hatte sich versteckt, und nur das gelbe Taxischild stach aus der Dunkelheit hervor.

Jakob öffnete ihr die hintere Tür. Marina ließ sich in das weiche Polster fallen. Jakob stieg neben ihr ein. Sein Arm streifte ihren, als er sich nach vorn beugte und dem Fahrer seine Adresse nannte. Sie roch das Neopren, das er unter dem geborgten Trainingsanzug noch immer am Körper trug. Sie spürte seine Schulter, fast hätte sie ihren Kopf daran gelehnt.

„Alles okay bei dir?", fragte Jakob leise.

Sie nickte: „Das war ein heftiger Abend."

Er zögerte nur einen Moment, doch dann nahm er ihre Hand, als hätte er das schon tausendmal getan.

Der Fahrer heizte mit 70 Sachen durch die nächtliche Stadt. Marina schloss die Augen und wähnte sich schon wieder von der Strömung erfasst: sanft, aber unerbittlich, saugend und stark. Doch es fühlte sich gut an, selbst wenn es gefährlich war. Wie verlockend, sich einfach treiben zu lassen.

Das Taxi stoppte, sie zahlten, stiegen aus und Jakob hielt sie noch immer fest, bis sie vor seiner Wohnung im Dachgeschoss standen. Er sperrte auf, sie trat ein, er machte kein Licht, sie fühlte eine Wand, drehte sich um und da stand er schon vor ihr. Seine Augen funkelten in dem fahlen Licht, das von den Straßenlaternen durch ein Fenster drang.

Er flüsterte: „Oder soll ich das lieber lassen?"

„Nein", sagte sie entschlossen. Also küsste er sie endlich voller Leidenschaft. Ganz langsam öffnete sie den Reißverschluss seines Neoprens. Ihre Hände glitten darunter, bis er schließlich die Beherrschung verlor und ihr die grobe Jacke vom Körper riss. Er griff unter ihr Shirt und das, was sie aufstöhnen ließ, war tatsächlich alles andere als schmerzvoll.

MITTWOCH

Als Marina erwachte, lag sie allein in einem völlig zerwühlten Bett. Bevor sie auch nur einen Fuß bewegte, durchlebte sie den vergangenen Abend und die Nacht noch einmal in Gedanken. Ihr Körper reagierte mit Gänsehaut, und sie wusste nicht, welcher Teil des Geschehenen dafür verantwortlich war.

Ihr Arm leuchtete feuerrot und brannte unangenehm, so als nähme er ihr übel, dass sie Jakob gestattet hatte, ihn zu berühren. In dieser Nacht war das kein Problem gewesen. Doch im Schlaf war die Strömung abgerissen. Wohin hatte sie sich treiben lassen?

Sie schaute sich in Jakobs Schlafzimmer um, doch ohne Brille lieferten die Augen ihr nur unklare Bilder. Vorsichtig tastete sie sich bis zu einem Sessel. Darauf lag ein roter Pulli, der schwach nach Jakob roch. Sie zog ihn über, krempelte die Ärmel bis kurz übers Handgelenk, und schon ließ das Brennen ihrer Narbe etwas nach. Dann machte sie sich auf die Suche nach dem Bad.

Im Flur hörte sie Jakobs Stimme, er telefonierte. Sie fand die Dusche, und als sie wenig später wieder mit seinem Pulli und ein paar der von den Polizisten geliehenen Sachen bekleidet in die Küche trat, stand ihr Rettungsschwimmer dort in Boxer-Shorts und T-Shirt, nahm sie sofort in den Arm und hätte sie gewiss geküsst. Doch sie senkte den Kopf und schnupperte: „Riecht gut, bekomme ich auch einen Kaffee?"

Er ließ sie los, als hätte er sich verbrannt. Sein Gesicht verschloss sich, und sie erkannte die harten Züge wieder, die in der Nacht verschwunden waren. Da sollte noch einer sagen, Männer seien unsensibel, dachte Marina unfroh.

„Wann müssen wir bei Wintermann sein – und wie spät ist es eigentlich?“, fragte sie um einen lockeren Ton bemüht.

„Der Termin ist um zehn, und jetzt haben wir halb acht“, sagte Jakob und verzog dabei keine Mine.

Marina seufzte. „Tobias muss wissen, was in Sachen Kottenbaum passiert ist. Vielleicht will er mit zum Staatsanwalt kommen. Ich rufe ihn an.“

„Er kommt dorthin. Ich habe gerade mit ihm gesprochen.“

Marina sah die Dächer der umliegenden Häuser nur verschwommen. Ihr Körper erinnerte sich daran, dass er solche Höhen in Gebäuden eigentlich gar nicht mehr ertrug. Auch das hatte sie in der vergangenen Nacht völlig verdrängen können. Jetzt begannen ihre Hände zu zittern, und sie presste sie übereinander, den Blick noch immer nach draußen gerichtet. „Und? Was hast du Tobias erzählt?“

„Schau mich an!“, forderte Jakob. Sie tat ihm den Gefallen, auch wenn es ohne Brille riskant war. Doch dieses Mal verlor er sich nicht in ihren blauen Augen. „Ist es das?“, fragte er laut. „Es geht um Tobias?“

Nein, aber wie sollte sie ihm das erklären? Seit Monaten hämmerte sie sich ein, dass sie ihre Furcht vor dem Feuer nur in den Griff bekam, indem sie gar kein Gefühl zuließ. Sie sagte: „Jakob, ich brauche einfach etwas Zeit.“

Er nickte, und seine Miene wurde noch finsterer: „Blöd von mir. Und ich dachte tatsächlich, du hättest dich bereits zwischen uns entschieden. Aber wenn die Wahl jetzt noch so schwierig ist, will ich dich natürlich nicht drängen.“

Sie suchte nach Worten, um das Missverständnis aufzudecken, doch Jakob kam ihr zuvor: „Schade eigentlich", sagte er eisig, „im Bett bist du gar nicht schlecht. Ich würde sagen, eine sieben auf der Skala meiner One-Night-Stands."

„Wenn du es so siehst", entgegnete Marina mindestens genauso frostig. Da stand Mister Vorschnell und machte einen auf cool – völlig sinnlos, ihm jetzt zu vermitteln, was wirklich in ihr vorging.

Sie wechselten noch einen Blick, der viel mehr sagte, als jeder für sich zu verraten bereit war. Es fehlte gar nicht viel, und diese verdammte Strömung hätte sie doch wieder mit sich gerissen. Doch Marina entzog sich dem. Sie griff nach ihrem Kaffee und nahm einen großen Schluck. Dann bat sie Jakob, ihr ein Taxi zu bestellen. Sie wollte sich zu Hause noch umziehen. Um zehn würden sie sich beim Staatsanwalt treffen.

Jakob ging betont lässig darauf ein. Am Morgen habe sich übrigens die Polizei gemeldet. Leonhard Kottenbaum sei bewusstlos auf seiner Yacht gefunden und verhaftet worden. Von DeCesto fehle jede Spur. Der habe sein Frankfurter Büro in höchster Eile geräumt und vermutlich die Stadt verlassen.

Da klingelte der Taxifahrer schon, und Jakob sagte kein Wort, als sie mit einem „Bis gleich!" aus der Tür verschwand.

*

Wieder einmal musste Eve Marina auslösen. Erst im Taxi war ihr aufgefallen, dass sie weder einen Wohnungsschlüssel noch Geld bei sich trug. Eve öffnete erst nach langem

Klingeln verschlafen die Tür, und dann dauerte es noch weitere fünf Minuten, bis sie ihr Portemonnaie gefunden und dem erbosten Taxifahrer den letzten Schein daraus gegeben hatte.

„Wird das jetzt zur Gewohnheit?“, knurrte Eve, doch dann schloss sie die Freundin in die Arme. „Bin ich froh, dass dir nichts passiert ist.“

„Das habe ich wohl Streuner zu verdanken“, nickte Marina. „Und dir, weil du meinen Plan ausgeplaudert hast“, fügte sie mit einem leichten Grollen in der Stimme hinzu, aber natürlich konnte sie Eve nicht wirklich böse sein.

Während die beiden in den Hausflur traten, musterte Eve Marina von Kopf bis Fuß und schüttelte dann den Kopf: „Du siehst grauenvoll aus mit diesem viel zu großen Pulli.“

„Der gehört Jakob“, sagte Marina neutral, doch sie verriet sich damit, dass sie dabei über die Wolle strich. Ein wissendes Grinsen machte sich auf Eves Gesicht breit. „Okay, du hast recht“, gab Marina unumwunden zu, „aber dann auch wieder nicht, und jetzt habe ich keine Zeit für Details. Gibst du mir bitte meinen Zweitschlüssel? Ich muss gleich zum Staatsanwalt.“

Zurück in ihrer Wohnung griff Marina zuallererst nach ihrer Ersatzbrille und setzte diese mit einem erleichterten Seufzer auf. Dann zog sie sich um und nahm sich noch schnell ihr Notebook, um die neu gewonnenen Fakten zu notieren. Doch so sehr sie sich auch bemühte, in ihrem Kopf zu bleiben – ihr Bauch funkte ständig dazwischen. Verflixt, so ging das nicht.

Ihr wurde immer heißer, je angestrengter sie versuchte, den Eispanzer wieder aufzubauen. Und als ob das nicht schon genug war, schlug auch noch ihre Türklingel Alarm, lang und schrill. Sie erschrak. Jakob hatte ihre Frage nicht beantwortet. Was hatte er Tobias von der letzten Nacht erzählt?

Offensichtlich nicht viel. Kaum öffnete Marina die Tür, nahm der sie schon stürmisch in die Arme und redete dabei wie ein Wasserfall: „Marina, bist du komplett verrückt geworden? So ein Leichtsinn! Sich mit diesen Männern anzulegen, und dann, du hättest ertrinken können …"

Marina machte sich vorsichtig los und ging schnell auf Abstand. Es sei ja gut gegangen, ihr fehle nichts.

„Du bist noch immer sauer auf mich", nickte Tobias geknickt. „Du hast recht, ich entschuldige mich. Ich hätte dir meine Unterstützung nicht entziehen dürfen, nur weil ich wütend auf dich war. Damit habe ich dich überhaupt erst zu diesem gefährlichen Alleingang getrieben. Wenn dir etwas passiert wäre, das hätte ich mir niemals vergeben! Ich …"

Er verstummte plötzlich. Marina folgte seinem Blick zu ihrem weißen Sofa, auf dem sich der große, rote Pullover wie ein Blutfleck im Schnee ausnahm. Tobias fuhr sich mit einer Hand in die Locken und lachte nervös: „Jakobs Lieblingspulli, was macht der denn hier?"

„Meine eigenen Sachen waren heute Morgen noch nass", antwortete Marina schlicht.

„Du hast bei Jakob übernachtet? Aha. Warum sagt er mir das nicht? Ich meine, er hat mir doch alles erzählt, vorhin, wir haben doch telefoniert."

Stille machte sich in dem Raum breit. Wie sollte sie ihm erklären, was sie selbst noch nicht verstand? Marina wollte nicht darüber reden, nicht jetzt und mit Tobias schon gar nicht. Sie schaute auf die Uhr in der Küche. „Schon halb zehn, wir sollten los. Soll ich … – ich meine, ich fahre besser mit dem Fahrrad?“

Er schüttelte den Kopf und hielt stumm seinen Autoschlüssel hoch.

Marina ging an ihm vorbei in den Flur, zog sich eine Jacke über, und als sie sich nach ihm umdrehte, stand er noch immer am selben Fleck, den Blick starr auf ihr Sofa gerichtet. „Alles klar“, murmelte er vor sich hin, „also deshalb will Jakob noch so dringend mit mir reden nach diesem Termin.“ Dann straffte er die Schultern und wandte sich zur Tür, ohne Marina ins Gesicht zu sehen: „Wintermann wartet, lass uns gehen.“

*

Als Marina zusammen mit Tobias in das Büro des Staatsanwalts trat, saß Jakob schon dort am Besprechungstisch. Es dauerte keine drei Sekunden, bis sich die Enttäuschung in seinem Gesicht in steinerne Distanz verwandelte.

Wintermann ließ sich von Marina noch einmal alle Details berichten, die sie über Leonhard Kottenbaum und Reginald DeCesto in Erfahrung gebracht hatte. Jakob und Tobias ergänzten den Bericht aus ihrer Sicht, bis sich der Staatsanwalt zufrieden erhob und ein Blatt von seinem Schreibtisch zur Hand nahm: „Ich denke, ich überschreite meine Kompetenzen nicht, wenn ich Ihnen sage, was der Liechtensteiner Kontoauszug bewirkt hat.“

Gespannt schaute Marina ihn an. Wintermann wusste doch, er saß der Presse gegenüber. Wollte er sie in laufende Ermittlungen einweihen?

Dem Staatsanwalt huschte ein Lächeln über das Gesicht: „Bedaure, Details erfahren Sie von mir natürlich nicht. Nur so viel: Wir haben das Datum der Eröffnung des Kontos durch den Fahndungscomputer gejagt. Deshalb werden wir die Untersuchung neu koordinieren. Beteiligt sein werden der Staatsanwalt für Steuerstrafsachen und der für Korruptionsverfahren. Und dann kommt noch ein Staatsanwalt für allgemeine Strafsachen hinzu, Schwerpunkt Mord."

„Wegen DeCesto", nickte Marina.

„Wegen Kottenbaum", widersprach Wintermann und legte das Blatt auf seinen Schreibtisch zurück.

Jakob stieß einen Pfiff aus, Tobias erbleichte und Marina erinnerte sich: Ich bin kein Mörder – mit genau diesen Worten war Kottenbaum dem Gorilla in den Weg gesprungen, was ihr die Flucht in den Main ermöglicht hatte. Welche dunklen Seiten verbarg dieser Mann denn noch?

„Herr Kottenbaum hat ein volles Geständnis abgelegt", nahm Wintermann seinen Bericht wieder auf. „Und ehe Sie mich jetzt zu irgendwelchen Äußerungen verleiten, die ich dann nächstens in Ihrem Magazin nachlesen darf, habe ich noch eine Überraschung für Sie: Kottenbaum hat ausdrücklich darum gebeten, Frau Blau noch einmal zu sprechen, bevor wir ihn in die Untersuchungshaft überführen. Was er Ihnen erzählen will, ist seine Sache – auch wenn ich mir nicht vorstellen kann, dass sein Anwalt davon begeistert sein wird. Wenn Sie wollen, kann Sie gleich jemand zu ihm führen."

Sofort sprang Marina auf: „Ich bin bereit." Heute war Mittwoch, Redaktionsschluss, und sie hatte es doch gewusst: Noch an diesem Abend würde sie eine Reportage über den „Unternehmer des Jahres" geschrieben haben, die sich sozusagen gewaschen hatte.

Da sackte ihr plötzlich das Herz in die Knie, und sie wandte sich eilig an Tobias: „Ich brauche zwei Doppelseiten, die hältst du mir doch frei?“ Was, wenn er sich jetzt dafür rächte, dass sie ihn einfach nicht lieben konnte? Würde er ihre Mitarbeit in seiner Redaktion überhaupt noch dulden?

„Klar, was denkst du denn?“, sagte Tobias sofort, und da drückte sie ihm dankbar den Arm, woraufhin Jakob sich eilig erhob und mit einem kurzen Gruß in Richtung Wintermann den Raum verließ.

Verblüfft schaute Marina ihm nach. Sie hatte fest vorgehabt, mit ihm noch das Missverständnis vom Morgen zu klären. Aber der rannte einfach davon. Spontan fasste sie sich an den linken Arm, doch dann riss sie sich zusammen. Sie hatte noch immer eine Aufgabe zu erfüllen. Um in das tiefe schwarze Loch zu fallen, blieb ihr danach noch genügend Zeit.

*

Leonhard Kottenbaum saß kerzengerade auf dem Stuhl in dem karg eingerichteten Verhörzimmer. Seine Hände ruhten auf den Knien. Über seine Stirn zog sich eine blutrote Schramme, aber im Grunde sah er weniger angegriffen als noch am Vorabend aus. Er schien geduscht zu haben, und jemand hatte ihm frische Sachen ausgehändigt.

„Zum Glück ist Ihnen nichts passiert,“ begrüßte er die Journalistin. Er sah sie fragend an, forschte nach einer Reaktion in ihren Zügen. Marina nickte nur, und er verstand. „Ja, Sie sollen es wissen. Sie werden über mich schreiben, und wenn schon nicht viel Gutes dabei sein kann, soll es zumindest den Tatsachen entsprechen. Ich bin kein Mörder.“

Er hatte es nicht mit Absicht getan. Dieser Zöllner damals, der ihn anhalten wollte, als er weit nach Mitternacht mit einem Koffer voller Schwarzgeld aus Bad Taunusbrunn über Österreich nach Liechtenstein fuhr, der sprang ihm direkt vor den Wagen. Seit acht Stunden war er da bereits unterwegs, und es regnete. Seine müden Augen nahmen die Kelle kaum war, und sie sahen den Mann der mobilen Kontrollgruppe, die den Autoverkehr in Richtung Großherzogtum überwachte, viel zu spät. Sein Fuß trat erst auf die Bremse, nachdem der dumpfe Schlag ihn ins Mark traf.

Er habe es nachgelesen, wieder und wieder: Verwerflich handelt, wer vorsätzlich tötet, um eine andere Straftat zu verdecken oder zu ermöglichen. Geldwäsche und Steuerhinterziehung waren das in seinem Fall – und dennoch, auch wenn das der Staatsanwalt jetzt behaupten würde: Er war kein Mörder. Es fehlte am Vorsatz. Er hatte es nicht mit Absicht getan.

Aber natürlich war er schuldig. Er hatte ein Menschenleben auf dem Gewissen. Und nicht einmal angehalten. Danach rief er DeCesto an. Der hatte ihm nicht nur das Geld, sondern auch das Fahrzeug besorgt, es stehlen lassen am Frankfurter Flughafen, damit Leonhard unerkannt nach Liechtenstein kam und plangemäß auch wieder zurück. Doch der Schaden am rechten Kotflügel war nicht zu übersehen und er selbst mit den Nerven so am Ende, dass ihn keine zehn Pferde hätten bewegen können, sich an diesem Tag noch einmal ans Steuer zu setzen. Er ließ den Wagen einfach stehen. Mit den Fingerabdrücken darin konnte die Polizei nichts anfangen. Doch natürlich fand die bald heraus, dass dieses Fahrerfluchtauto aus Frankfurt kam.

Den Fehler beging er, als er auf DeCesto hörte und den Geldkoffer dennoch zur Bank trug – er hätte es allerdings auch nicht geschafft, damit noch einmal die Grenze zu überqueren. Seither schwebte das Verhängnis über ihm: Würden die Kontodaten je durch einen Fahndungscomputer laufen, wäre der Zusammenhang sofort entdeckt: Das Datum der Kontoeröffnung fiel auf ewig mit dem Todestag des Zöllners zusammen, der unter „ungeklärte Straftat" abgespeichert war, und der Kontoinhaber stammte wie das Fluchtauto aus Frankfurt. Genau das war nun also passiert. Noch in der Nacht habe er dem Staatsanwalt die Tat und alles, was damit in Zusammenhang stand, gestanden. Das würde nun eine lange Untersuchung nach sich ziehen.

Immerhin: Seine Aussage bewahrte einem Menschen das Leben. Als die Staatsanwaltschaft nämlich bereits am frühen Morgen den Bürgermeister von Bad Taunusbrunn verhaften ließ, habe der als Erstes DeCestos Mordplan für den Journalisten Bastian Prust aufgedeckt. „Nicht dass Sie denken, ich würde diese letzte Sache gegen meine Tat aufwiegen", schloss Leonhard Kottenbaum seinen Bericht. „Für mich selbst ändert es nichts. Sehen Sie mich an: Ich habe versagt, als Mensch wie als Unternehmer."

Er fuhr sich mit der Hand über die Glatze, atmete tief aus und seine Züge entspannten sich. „Jetzt ist es raus, und wissen Sie was? Ich gehe ins Gefängnis, gewiss. Doch dabei fühle ich mich so frei wie noch nie in meinem Leben. Wie soll ich Ihnen das erklären?"

„Das müssen Sie gar nicht", sagte Marina schlicht, denn sie hatte es längst verstanden.

Sie saßen noch eine Weile zusammen in dem kleinen Raum. Alle Fragen, die Marina ihm noch stellte, beantwortete er bereitwillig. Schließlich gab die Journalistin dem Wachbeamten ein Zeichen, und Kottenbaum stand auf. Bevor er aus der Tür geführt wurde, drehte er sich noch einmal um: „Frau Blau, würden Sie mir einen Gefallen tun?“

„Kommt darauf an“, sagte sie ehrlich, denn sie erwartete eine Bitte in Bezug auf ihre Reportage.

Doch darum ging es dem Unternehmer gar nicht. „Meine Frau weiß noch nicht, dass ich verhaftet worden bin. Ich habe versucht, sie anzurufen. Kaum hört sie meine Stimme, legt sie wieder auf – kein Wunder nach dem, was vorletzte Nacht zwischen uns vorgefallen ist. Ich will ihr nicht die Polizei ins Haus schicken, um sie über meine Lage zu informieren. Würden Sie zu ihr fahren, mit ihr reden?“

Sie hatte die Entwicklung losgetreten, also war sie ihm diesen Abschluss schuldig. Marina nickte: „Das mache ich.“

Kottenbaum warf einen Blick auf den Wachmann, dann gab er sich noch einen Ruck: „Bitte sagen Sie Karin, dass ich ihr nicht mehr böse bin. Ich hätte sie einweihen, ihr vertrauen müssen, doch das konnte ich einfach nicht. Es tut mir leid.“

*

Eine knappe Stunde später stand Marina ein drittes Mal vor der Villa Kottenbaum in Bad Homburg. Es war Claus, der in der Tür erschien. „Sie möchten zu meiner Mutter? Hat sie Ihnen noch nicht genug erzählt?“

„Darf ich hineinkommen?“, fragte Marina zurück, „ich muss Ihnen beiden etwas von Ihrem Vater berichten.“

Claus winkte ab. „Interessiert mich nicht. Aber bitte, meine Mutter finden Sie im Frühstückszimmer.“

Im Flur versperrten zwei große Koffer den Weg zur Treppe. An deren Stufen lehnte ein olivgrüner Rucksack, dessen pralle Füllung den Totenkopf neben der Aufschrift „Love kills slowly" gut zur Geltung brachte.

„Sie wollen verreisen?", fragt Marina Claus.

„Kann man so nicht sagen", antwortete der ernst, „denn das hieße ja, ich käme wieder. Tue ich aber nicht." In dem Moment hupte ein Taxi vor der Tür. Claus schwang sich den Rucksack auf den Rücken, nahm einen Koffer in jede Hand und ging, ohne sich noch einmal umzudrehen, davon.

Marina klopfte ans Frühstückszimmer. Karin Kottenbaum saß mit dem Rücken zur Tür am Tisch. Um sie herum türmten sich zu Papierfetzen zerstörte Fotobücher. Sie hieb mit einer Schere auf die letzten noch heilen Exemplare ein, und sie lachte schrill, wann immer die Spitze das Kirschbaumholz traf und dort tiefe Kerben hinterließ. Marina sprach sie an. Weil keine Antwort kam, ging sie um den Tisch herum, und von dort sah sie das blaugrüne Veilchen.

„Ja, gucken Sie nur", höhnte Frau Kottenbaum, „das ist der Lohn für jahrzehntelange Liebe und Fürsorge. Aufgeopfert habe ich mich, und der Dank? Der eine schlägt mich, und der andere haut ab."

„Frau Kottenbaum, ich habe gerade mit Ihrem Mann gesprochen. Was geschehen ist, tut ihm leid."

„Leid?", kreischte die Frau und hackte dabei auf das vor ihr liegende Fotobuch ein, „was versteht der davon? Jahrelang hat er mich belogen und betrogen, denn es ist doch Betrug, wenn ein Mann seiner eigenen Frau das Wesentliche vorenthält, ja wissen Sie überhaupt, wie demütigend das ist? Das hätte er mir nicht antun dürfen."

„Er sitzt im Gefängnis, Frau Kottenbaum." Marina beschloss, sich streng an ihren Auftrag zu halten, denn vernünftig reden konnte man mit ihr in diesem Zustand wohl nicht. „Er hat die Steuerhinterziehung zugegeben und auch seine Schuld am Tod eines Zöllners. Jetzt folgt eine Untersuchungshaft, dann kommt es zum Prozess."

„Die Höchststrafe soll er kriegen", setzte Karin Kottenbaum ihre Hasstirade fort, doch dann brach sie in Schluchzen aus: „Ich habe es doch nur gut gemeint, nur deshalb habe ich Ihnen diese Mails geschickt. Was kann ich dafür, wenn das so schiefging? Ich wusste das alles doch nicht. Er selbst ist schuld. Er hat jede Strafe verdient."

„Was werden Sie jetzt tun?", wagte Marina eine letzte Frage. Die Frau hatte ihre Intrige gesponnen, um die Familie von der Last des Unternehmens zu befreien. In gewisser Weise war ihr das sogar gelungen. Claus begann ein neues Leben, und Leonhard konnte mit sich selbst ins Reine kommen.

„Was ich nun tun werde?", weinte Karin weiter. Dann wischte sie sich mit dem Ärmel ihres Hauskleids die Tränen ab: „Ich schwöre bei allen Heiligen, das wird er mir büßen. Erst soll er ins Gefängnis gehen und dann durch die Hölle, wenn er wieder herauskommt. Ich werde seinen Ruf zerstören, ich werde mir Anwälte nehmen, ich werde ... bei Gott, Leonhard, du wirst es erleben."

*

Tobias parkte vor der Schwimmhalle. Er fuhr sich durchs Haar, stieg aus, ging ins Bad und nahm seinen Platz auf der kleinen Zuschauertribüne neben der ihm wohlbekannten Schwimmtasche ein.

Er hatte die Zeit gut berechnet. Es dauerte nicht mehr lange, bis Jakob seinen Körper aus dem Wasser hievte und Kurs auf sein Handtuch nahm. Als er Tobias erblickte, blieb er abrupt stehen. Dann schleuderte er erbost seine Schwimmbrille auf den nächsten Sitz und fuhr ihn an: „Kannst du mich nicht in Ruhe lassen? Du errätst, wo ich bin, also weißt du auch, warum. Was noch? Verflucht, willst du mich wieder schlagen, oder soll ich dir gratulieren?"

„Du hast mich doch herbestellt", erwiderte Tobias ruhig. „Erinnerst du dich nicht? Du wolltest nach dem Termin mit Wintermann unbedingt mit mir sprechen."

„Hat sich erledigt", knurrte Jakob böse, „und jetzt tue nicht so, als wüsstest du das nicht ganz genau." Er riss wütend das Handtuch aus seiner Tasche.

„Liegt dir wirklich etwas an ihr?", fragte Tobias. Es klang wesentlich lockerer, als ihm zumute war. „Wenn ja, kann ich dir nur so viel sagen: Mich liebt sie jedenfalls nicht. Aber ich kenne sie, und ich kenne dich. Wenn ihr jetzt beide in Deckung geht, dann könnt ihr es vergessen. Willst du das?"

„Nein", gab Jakob zu und setzte sich.

„Oder ist sie dir das kleine Risiko wert, eine Abfuhr zu kassieren, wenn du ihr sagst, was du fühlst? Du würdest es überleben – glaube mir, ich weiß, wovon ich rede."

Jakob sah ihn lange an, und die Wut verschwand aus seinem Gesicht. „Du hast sie aber heute Morgen nicht erlebt. Da war das Adrenalin aus dem Kampf mit dem Sensenmann aufgebraucht. Sie ist abgehauen, so schnell es ging. Ich dachte, sie will zu dir. Habe ich mich darin geirrt, muss ich ihre Flucht doch erst recht persönlich nehmen. Oder …?"

„Schon komisch“, dachte Tobias nach einer Weile laut, „ich meine, was mache ich hier? Dich ermutigen? Ich sollte dir lieber die Pest an den Hals wünschen.“

„Das könntest du nicht, dafür bist du zu gut“, sagte Jakob nicht ohne Ironie, doch er legte ihm dabei einen Arm um die Schultern.

Eine Weile saßen sie so, dann stand Tobias auf: „Amigo, ich muss los. In der Redaktion herrscht gewiss Chaos, weil keiner weiß, ob wir den Kottenbaum nun auf den Titel nehmen oder nicht.“

„Dann hau ab“, nickte Jakob, „und bring das in Ordnung.“

„Gleichfalls“, gab Tobias mit einem traurigen Grinsen zurück. „Aber erst lässt du sie diese verfluchte Reportage zu Ende schreiben.“

+++

Neues Wirtschaftsblatt, 22. September

FAKTOPOLIS DECKT WIRTSCHAFTSSKANDAL AUF

„Unternehmer des Jahres“ Leonhard Kottenbaum verhaftet

Frankfurt/Main. Leonhard Kottenbaum, geschäftsführender Alleingesellschafter der LK-Trockenbau GmbH mit Sitz in Frankfurt-Höchst, muss sich wegen Bestechlichkeit, Steuerhinterziehung und fahrlässiger Körperverletzung mit Todesfolge verantworten. Eine entsprechende Reportage des Wirtschaftsmagazins Faktopolis hat die hiesige Staatsanwaltschaft bestätigt.

Besonders brisant: Leonhard Kottenbaum wurde erst vor wenigen Wochen vom „Forum Handwerk & Industrie Deutschland e.V.“ zum „Unternehmer des Jahres“ gekürt. Gefragt, ob ihm diese Ehrung nun wieder aberkannt werden soll, äußerte sich Hartmut Hollweg, Sprecher des Forums, so:

„Faktopolis hat aufgezeigt, wie schmal der Grat zwischen Kavaliersdelikt und Kapitalverbrechen ist. Die besagte Reportage brachte aber auch ein Dilemma ans Licht: Mit ehrlicher Wertarbeit lässt sich wirtschaftlich weniger denn je überleben. Natürlich verurteilen wir Korruption und Steuerhinterziehung aufs Schärfste. Doch es stellt sich auch die Frage, welche Verantwortung der Staat und die Gesellschaft daran mittragen, wenn ein als äußerst solide bekannter Unternehmer seine Firma nur auf illegalem Weg erhalten kann. Es obliegt dem Gericht, in Sachen Leonhard Kottenbaum die verdiente Strafe auszusprechen. Die Statuten des ‚Forum Handwerk & Industrie Deutschland e.V.‘ sehen keine Aberkennung einer einmal erteilten Auszeichnung vor.“

+++

+++

Yellow-Press, 15. Mai

GRAUSIGER MORD IM SÜDSEEPARADIES

Leiche eines Deutschen entdeckt

Apia/Samoa (DP). Vergangenen Dienstag haben Sporttaucher vor der Westküste Samoas die Leiche eines Tauchers gefunden. Dessen Arme waren mit Handschellen an ein versunkenes Schiffswrack gekettet. Offensichtlich hatte der Tote es erkunden wollen – gemeinsam mit einem Tauchpartner, der die Gelegenheit für sein grausames Verbrechen nutzte. Der Tod trat durch Ertrinken ein, nachdem der Sauerstoff aus den Tauchflaschen verbraucht war.

Nach Auskunft der örtlichen Behörden handelt es sich bei der Leiche um einen Deutschen mit beträchtlichem Vermögen, der erst seit kurzer Zeit auf Samoa lebte. Sein Pass stellte sich als Fälschung heraus, so dass die Identität des Mannes noch nicht abschließend geklärt ist.

Gefahndet wird in diesem Zusammenhang nach einem jungen Deutschen mit blonden Haaren, der sich in Begleitung des Toten aufhielt. Er hat sich nach Aussage von einheimischen Zeugen mit einer hohen Bargeldsumme und Wertgegenständen aus dem Haus des Toten abgesetzt. Für sachdienliche Hinweise, die zur Festnahme des mutmaßlichen Mörders führen, haben die Behörden auf Samoa eine Belohnung von 150 Dollar ausgesetzt.

+++

DANKSAGUNG

Meine Familie und meine Freunde haben mich bei diesem Wirtschaftskrimi unterstützt, mich ermutigt und vorangebracht. Mein herzlicher Dank gilt namentlich Barbara, Frank, Ilse, Judith, Maike, Monika, Sabine, Ulrike, Ute, Walter, Wolfgang und in ganz besonderem Maße Peter, ohne den dieses Buch nicht entstanden wäre. Ich danke auch Danja Hetjens und dem Team von Frankfurter Allgemeine Buch.

Sabine Feuersänger

DIE AUTORIN

Sabine Feuersänger hat Germanistik und Zivilrecht studiert. Seit vielen Jahren schreibt sie als Chefredakteurin einer Ratgeberzeitschrift für Unternehmer über Wirtschaft, Recht und Steuern. Auch ihr erster Wirtschaftskrimi „Scheinreich" spielt in der Unternehmerwelt.

WIRTSCHAFTSKRIMI-WETTBEWERB
ES GEHT WEITER!

Wir setzen unseren Wirtschaftskrimi-Wettbewerb fort, um talentierten Autoren eine Plattform für ein neues unterhaltsames Wirtschaftsbuchsegment bieten zu können.

Egal, ob Korruptionsskandal, Betrugsversuche, Mobbing oder knallharter Konkurrenzkampf in der Firma – denken Sie nicht auch manchmal bei den Wirtschaftsnachrichten oder im eigenen Berufsalltag: So eine Geschichte hätte man nicht besser erfinden können? Wirtschaft kann spannend, nervenaufreibend und unberechenbar sein. Stellen Sie das in einem selbst geschriebenen Wirtschaftskrimi unter Beweis!

Preise:

Den besten Wirtschaftskrimi veröffentlichen wir bei Frankfurter Allgemeine Buch in unserer Geschenkbuch-Reihe und stellen ihn auf der Frankfurter Buchmesse 2013 vor. Der Zweit- und der Drittplatzierte erhalten jeweils ein Frankfurter Allgemeine Buch-Paket mit Wirtschaftstiteln im Wert von rund 150 Euro. Die Sieger werden am 15. April 2013 bekannt gegeben und schriftlich benachrichtigt.

Die erste Gewinnerin unseres Wettbewerbs

Beate Bößl
Tiefgefroren

Paperback
156 Seiten
9,90 € (D), 10,05 € (A), 15,90 CHF
ISBN 978-3-89981-261-9 #3261
ET: Oktober 2011
WG: 1789

„Bößls obskure und mit viel Sprachwitz erzählte Geschichte spielt (...) in einem Unternehmen für Tiefkühlkost. Für kalte Schauer ist gesorgt.“ Handelsblatt online

Der Geschäftsführer einer bekannten Tielfkühlkostfirma wird tot aufgefunden – erwürgt durch seinen eigenen Aktenvernichter. Kriminalkommissar Kai Ender sucht fieberhaft nach dem Mörder. Doch dann kristallisiert sich heraus: Eduard Kemps Tod ist nur die Spitze des Eisbergs ...

Beate Bößl ist mit „Tiefgefroren“ ein spannender und gleichzeitig unterhaltsamer Wirtschaftskrimi gelungen.

Tiefgefroren

Als man Eduard Kemp fand, hatte der Aktenvernichter sogar seine Nase in Mitleidenschaft gezogen. Angelika Olm, Chefsekretärin und an normalen Tagen eine Fachfrau für Etikette und DIN-Normen, hatte sich in den Papierkorb übergeben und schluchzte so dramatisch wie zuletzt vor acht Tagen, als die glutäugige Frau Müller aus der Buchhaltung das gleiche violette Kostüm trug wie sie selbst. Das Team der Spurensicherung hatte andere Probleme. Es suchte nach einer Stelle, an der es die Krawatte durchtrennen konnte, die den Kopf der Firma Kuhne & Söhne so nah an die Schnittstellen seines Hauses gebracht hatte, wie er es sich zu Lebzeiten nie hätte vorstellen können. Eduard Kemp war ein Mann, der Distanz wahrte. Nun aber hing sein Körper in unschöner Verwinkelung – und aufs Engste mit diesem verbunden – über seinem Hochleistungsschredder „Super S 343", der bis zu 30 Seiten Akten und andere Papiere gleichzeitig in möhrenfeine Streifen zerschneiden kann.

„Na, das Gerät hatte aber Appetit!", murmelte Kai Ender zu sich selbst. Er war im vergangenen Monat 40 Jahre alt geworden und äußerlich ein Typ, auf den die Attribute jung, dynamisch, erfolgreich zutreffen könnten, wobei es mit diesem Dreiklang im mittleren Polizeidienst natürlich immer so eine Sache ist. Jedenfalls trug er keinen Schnurrbart. An diesem Tatort des gehobenen Mittelstandes fügte sich Ender unaufdringlich in das Ambiente aus

Buchenholzschrankwänden, Grünpflanzen und Glasaccessoires ein, seine Cordhose harmonierte mit dem Fußboden und, ja, er hatte sogar Ähnlichkeit mit dem Mitarbeiter, der ihm am Eingang schwülstig-nasal den Weg in die Chefetage gewiesen hatte: „Die Treppe hinauf, Flur rechte Seite. Die Kollegen warten schon. Also, Ihre!"

Obwohl seit vielen Jahren im Dienst, war Kai Ender vom Anblick dieses Opfers schockiert. Dort, wo eigentlich eine Nase sitzt, war hier eine blutige Masse zu sehen. Die benachbarten Gesichtspartien waren ebenso in Mitleidenschaft gezogen worden. Lediglich wenn Kai Ender die Augen ein wenig zusammenkniff und blinzelte, sammelte sich die undefinierbare dunkelrote Stelle des mittlerweile auf den Boden gelegten Mannes zu einer Art Clownsnase. Nicht, dass er dem Ganzen dadurch hätte etwas Fröhlicheres abgewinnen können, aber es verzerrte in diesem Moment auf angenehme Weise die Wirklichkeit.

Seine erste ermittlungstechnische Schlussfolgerung zu diesem Zeitpunkt war folgende: Der etwa 60-jährige Mann vor ihm, Chef einer Tiefkühlfirma für Lebensmittel, deren Produkte Kai Ender schon seit Kindertagen kannte, musste sich von seinem Bürostuhl aus gebückt haben und dabei mit dem Krawattenzipfel in den „Super S 343" geraten sein, der den edlen Seidenbinder in eine unbeirrbare Würgeschlange verwandelt hatte. Bis Eduard Kemp Zentimeter für Zentimeter die Luft zum Atmen entzogen worden war, sollten ihm trotzdem fünf, vielleicht sogar zehn Sekunden verblieben sein, um das nahende Unheil zu stoppen. Gewiss kein Ding der Unmöglichkeit – doch war es Eduard Kemp ganz offensichtlich weder gelungen, den Aus-Knopf zu betätigen noch den Stecker zu ziehen. Dies war ungewöhnlich und hatte ein Großaufgebot der Polizei auf den Plan gerufen.

In seinem Kopf formulierte Kai Ender einen Text für die Traueranzeige. Es war eine dieser zwanghaften Angewohnheiten, die ihn schon seit der Polizeischule verfolgten. Auf seinen Skizzenblock kritzelte er die Zeile: „Er war eine Führungskraft vom alten Schlag und auch mit den Banalitäten des Alltags nicht per Du."

Anschließend schaute er sich noch einmal genau um, ging dafür erneut auf den Flur zurück und dann durch das Vorzimmer der Sekretärin wieder in das Büro von Eduard Kemp. Er wollte alles noch einmal unvoreingenommen betrachten. Ihm fiel auf, dass dieses Büro im Grunde gar nicht nach Arbeit aussah, sondern eher wie ein Herrenzimmer, in dem sich ausländische Gäste in Goldene Bücher eintrugen und Gespräche geführt wurden, bei denen es darum ging, einen appetitlichen Eindruck zu machen. Alles hier war überaus schick und repräsentativ – und über die Maßen aufgeräumt. Die einzelnen Gegenstände im Raum schienen wie für eine Ausstellung platziert. Der tödliche Papierschredder, Computer und Drucker wirkten viel zu modern für diesen Ort. Passender war der übergroße, in Leder gefasste Taschenrechner. Auf der massiven Schreibtischplatte aus dunklem Holz stand eine ebenso massive Glaskugel, die Kai Ender an Wahrsagerinnen erinnerte. Es lagen dort außerdem, fein säuberlich aufgereiht, einige Stapel Papiere, eine Aktenmappe und in der Mitte eine Schreibtischunterlage mit Messingbeschlägen an den vier Ecken, zu der es einen passenden Zettelkasten, eine wellenförmige Ablage für einen Brieföffner sowie einen kuriosen Ständer für Schreibgeräte gab, aus dem etliche dicke Stifte wie Mikadostäbe herausragten. Kai Ender erinnerte das an seinen orangefarbenen Stifte-Igel, den er als Kind beim Weltspartag geschenkt bekommen hatte. Zwischen die Stacheln hatte er lange Jahre seine auswaschbaren Filzmaler einsortiert. Auf den Gedanken, dass erwachsene Menschen auch nur Ähnliches, geschweige denn eine Luxusausgabe davon besitzen könnten, war er nie gekommen. Er notierte sich Stifte-Igel deluxe. Weniger der ermittlerischen Relevanz wegen, denn als Merker, um bei Gelegenheit einmal im Fachhandel danach zu schauen.

Nicht zu übersehen war auf Eduard Kemps Schreibtisch außerdem ein glänzendes Plastiktütchen mit zwei Trüffelpralinés darin – eines mit weißer Lasur, eines in Zartbitter –, die er mit der Notiz zwei Pralinés gemischt inventarisierte. Auffällig, soweit man dies so nennen konnte, war, dass der Teppichboden in diesem Zimmer ein ganz anderer war als der auf dem Flur und im Vorzimmer. Dieser hier war nahezu so flauschig, dass man meinen konnte, es handele sich um die aufwändig-üppige Knüpfarbeit einer pensionierten Handarbeitslehrerin, die genug von den ewig gleichen Kissenformaten hatte und sich hier endlich hatte austoben können. An den Wänden schaute Kai Ender kurz auf die Rahmen mit diversen Urkunden und Prämierungen wie „Top-Froster 1999“ oder „1. Platz Eisbombe (national)“.

Als er Eduard Kemps Mahagonischrankwand auf der gegenüberliegenden Seite des Fensters aufklappte, sah er links eine Reihe Ordner und rechts eine gut ausgestattete Schrankbar mit diversen Gläsern, edlen Alkoholika und einem kleinen Eisfach. Denver, Dallas, Dekadenz schrieb Kai Ender ein wenig frustriert auf, denn im Grunde ließ nichts von dem, was hier zu sehen war, auf Unerwartetes schließen.

Der Polizeikommissar war längst neidisch geworden und dachte an das bräunliche, abgetretene Laminat in seinem Büro und an die Pappschachtel mit Jägermeister, die es am Kiosk vis-à-vis der Polizeikantine gab. So trostlos stand sie da, als hätte Tante Emma persönlich sie vergessen. Wenn für Kai Ender einmal etwas wirklich gut oder wirklich schlecht gelaufen war, dann kaufte er sich ein, zwei Fläschchen davon beim Ehepaar Denker, das den Kiosk gepachtet hatte und dem keine Vorliebe, kein Kauf ihrer Kundschaft, die sich zu 80 Prozent aus den Polizeikollegen und der benachbarten Staatsanwaltschaft rekrutierte, gleichgültig zu sein schien.

Die Denkers wussten, wer belegte Brote mit und wer ohne Remoulade aß, wer sich freute, wenn sie ihm eine Lakritzschnecke schenkten. Damit kein Getuschel aufkam, sagte Kai Ender jedes Mal, wenn er sich Jägermeister kaufte: „Frau Denker, ich habe einfach zu fettig gegessen!“ Meist wurde er danach drei, mindestens aber zwei Tage mit einem fröhlichen „Was macht denn Ihr Magen, Herr Ender? Alles wieder gut?“, begrüßt.

Kai Ender hatte das Ehepaar Denker ins Herz geschlossen. Umgekehrt schenkte es ihm fast immer etwas Süßes. Wenn es besonders witzig sein wollte, war es ein Augapfel aus Weingummi. „Ich habe hier einen neuen Fall für Sie!“, sagte Herr Denker dann, und hatte auch beim x-ten Mal noch diebischen Spaß daran. Kai Ender fand die Augen mit ihrer weißen Schaumzuckerpupille gruselig. Weil er es aber nicht übers Herz brachte, etwas zu sagen, bedankte er sich stets bei Herrn Denker – und legte das wabbelige Teil im Büro in eine kleine Dose, in der die verschmähten Exemplare zwischen Radiergummis und Büroklammern finster und klebrig dreinblickten.

Kurzum: Im schicken Büro von Eduard Kemp hätte er sich nur zu gern einen Schluck aus der Schrankwand genehmigt. Whiskey. Oder Wodka. Doch dafür war er nicht hier. Er war hier, um herauszufinden, wie Eduard Kemp in den Hochleistungsschredder geraten war, doch bislang hatte er den Eindruck, er könne sich als Analyseergebnis „Nichts und wieder nichts!" auf seinen Notizzettel schreiben. Ein Möbelstück hatte er bis dahin allerdings ausgelassen. Es war der gläserne Eisschrank rechts in der Ecke hinter dem Schreibtisch. Es war ein Modell wie aus einer Zeitschrift für edles, amerikanisches Innendesign, hatte eine komplette Glasfront und gab einen angenehmen, fast unhörbaren Summton von sich. Durch die Glastür schaute Kai Ender auf verschiedene Tiefkühlkartons und -tüten, offenbar eine Auswahl der Produkte, die Eduard Kemps Arbeitsleben bestimmt und ihm zu beachtlichem Reichtum und Ansehen verholfen hatten.

Kai Ender klappte den Eisschrank kurz auf, dessen Glasscheibe beschlug und der ihm einen eisigen Lufthauch entgegenstieß. Er nahm einige Pakete Eiscreme und einen Beutel „Vegetarische Bohnensuppe mit Sojawurst" sowie zwei Beutel „Grünkohl, grob geschnitten" heraus. Mehr grundlos als überlegt. Dabei fiel ihm plötzlich ein Zettel im untersten Fach auf. Auf dem Zettel standen, schwer zu entziffern, in Handschrift die Namen „Menke!" und „Struwe!". Kai Ender wunderte sich, schrieb dann „WICHTIG! Zettel in Jacke, nicht vergessen!" auf seinen Block, steckte den Zettel ein und legte die Tiefkühlkost zurück.

Als er schon fast aus dem Büro des Toten herausgetreten war, knackte etwas unter seinem Schuh. Kai Ender schaute herunter und schob mit der Schuhspitze einen winzigen USB-Stick aus den Flauschfransen, in denen sich kleine Gegenstände, so wusste er nun, offensichtlich sehr schnell festtreten konnten. Es war derselbe Moment, in dem sich vom Flur aus ein leichter Tumult ausbreitete. „Stopp!" und „Sie dürfen nicht da rein!", riefen die Polizeikollegen. Ohne lange zu überlegen, bückte sich Kai Ender. Just als er sich wieder aufrichtete, sah er in das Gesicht eines äußerst schneidigen Mannes um die 45, der versuchte, durch das Vorzimmer in Kemps Zimmer zu gelangen. Kai Ender steckte den Stick in die Hosentasche und stellte sich dem Mann in den Weg. „Ich heiße Dr. Uwe Struwe", sagte dieser entschlossen, „ich leite hier im Haus die Finanzabteilung und mache Sie darauf aufmerksam, dass wir Tage der offenen Tür bei uns nicht dulden!"

Kai Ender musste kurz überlegen, fast lachen. „Na, so ein Zufall", sagte er, „soeben habe ich sie aus dem Gefrierschrank befreit" und wedelte mit dem Zettel aus dem Eisschrank. Kai Ender hatte den Eindruck, als ob der Herr Doktor für einen winzigen Moment zusammengezuckt wäre. Herr Dr. Struwe legte nach: „Ich weiß nicht, was Sie meinen, aber ich weiß, unser halbes Haus ist auf den Beinen. Und wer sagt eigentlich, dass alle Menschen mit weißen Schutzanzügen, die hier herumlaufen, wirklich von der Polizei sind! – Kennen Sie zum Beispiel den hier?", sagte Dr. Struwe forsch und zupfte jemandem von der Spurensicherung ruppig am Ärmel. „Oder diesen hier?", wobei er unwirsch in das Gesicht einer Polizeikollegin guckte, die unter ihrer weißen Kapuze tatsächlich eher wie ein Mann aussah. „Ich bin dafür verantwortlich, dass in unserem Hause keine Unterlagen abhanden kommen, und ich fordere Sie auf, sofort für Ordnung zu sorgen!" Pause. „Oder ich rufe die Polizei!" Über den letzten Satz, das war zu merken, war er selbst etwas verdattert.

Kai Ender bat jemanden, die Personalien von Dr. Struwe aufzunehmen und einen Kollegen abzustellen, damit der Flur fortan weder von Tiefkühl-Kuhne-Söhnen noch von Tiefkühl-Kuhne-Töchtern betreten werden würde. Kein einziger Mitarbeiter solle den Gang betreten, bis die Ermittlung abgeschlossen sei. Kai Ender sagte zum Finanzleiter, er möge sich zu einem Gespräch bereithalten, er würde auf ihn zukommen – „Auf Wiedersehen!"

Dann ging Kai Ender hinaus, vorbei an zwei Leuten aus seinem Team und Kräften von der Spurensicherung, die er wirklich noch nie gesehen hatte. Am Ende des Ganges, nahe dem Treppenhaus, stand ein Pulk von Kemp-Mitarbeitern vor einem Absperrband, von denen sich die Hälfte die Hand vor den Mund hielt. Ein Teil vor Schreck. Der andere vermutlich, weil immer noch ein unschöner, säuerlicher Geruch in der Luft lag. Frau Olm aus dem Vorzimmer des Hausherrn saß, heute in ein grellrotes Kostüm gekleidet, derweil auf einem Stuhl. Vor ihr kniete eine junge Frau, die ihr ein Glas Wasser reichte. „Solch ein Kleid zu diesem Anlass ist eine Zumutung", dachte Kai Ender und sah herüber zur Sekretärin. Er reimte rosenrot auf mausetot, während er das Gebäude verließ.